Wir machen dich fertig!
Probier doch!

Mirjam Raymond

# Von Null auf Held

## oder Wer ist eigentlich Amin?

Mit Illustrationen
von Maja Bohn

FISCHER SAUERLÄNDER

MIX
Papier | Fördert gute Waldnutzung
FSC® C083411
FSC
www.fsc.org

Erschienen bei Fischer Sauerländer


Dieses Werk wurde vermittelt durch die
Autoren- und Projektagentur Gerd F. Rumler (München).
Das Projekt wurde mit Unterstützung der
Akademie für Kindermedien, einer Initiative des
Fördervereins Deutscher Kinderfilm e. V., entwickelt.
Die persischen Passagen wurden von dem afghanischen Schriftsteller
Taqi Akhlaqi übersetzt.
Umschlaggestaltung: Maja Bohn, unter Mitarbeit von
Dahlhaus & Blommel Media Design, Vreden
Umschlagabbildung: Maja Bohn
Satz: Dörlemann Satz, Lemförde
Druck und Bindung: CPI books GmbH, Leck
ISBN 978-3-7373-4393-0

Kontaktadresse nach EU-Produktsicherheitsverordnung:
*produktsicherheit@fischer-sauerlaender.de*

*Für Alvaro, Julian und Santi*

# Kaugummidiebe

Ich heiße Jonas. Aber alle nennen mich Johnny.

Vielleicht steht mein Name bald in der Zeitung. So was wie:

**Mumie identifiziert – sein Name war Johnny**

Vielleicht sind das hier meine letzten Worte.

Denn die Polizei sucht mich schon. Und meine Eltern.

Und wenn nicht ein Wunder passiert, wird es vielleicht Tote geben.

Schuld an allem ist Amin. Und meine verbuggten Gene.

Aber warte, ich erzähle es dir der Reihe nach.

Angefangen hat alles am 13. Dezember.

Eigentlich hätte ich wissen müssen, dass es ein schlechtes Omen war. Ein Unglückstag. Aber ich war völlig ahnungslos. Ich freute mich über den Schnee. Es war der erste in diesem Winter.

Wie immer ging ich mit Tobi in die Schule. Tobi ist mein bester Freund. Jeden Tag trinkt er eine Limo auf seinem Schulweg. Nach der großen Kreuzung wirft er die leere Dose auf den Boden, und wir kicken sie bis zur Schule.

Vor dem Pausenhof warteten Tom und Ali auf uns.

»Attacke!«, rief Ali plötzlich. Schon flog ein Schneeball an mir vorbei und traf einen aus der Neunten. Ich fackelte nicht lange und stürzte mich in die Schlacht.

Direktor Klinger hat Schneeballschlachten in der Schule verboten. Aber Ali, Tom, Tobi und mich jucken Verbote wenig. Wir machen unsere eigenen Gesetze. Das war schon so im Kindergarten. Deshalb nannten wir uns die *Sheriffs*. Irgendwie ist der Name bis heute geblieben.

Wieder kam ein Schneeball auf mich zugeflogen. Diesmal von Tom. Ich duckte mich in letzter Sekunde weg.

Da hörte ich einen Schrei. Ich drehte mich um. Und sah in Susis knallrotes schneenasses Gesicht. Und den großen Kakaofleck auf ihrem Mantel. Wütend starrte sie uns an.

»Das ist so fies von euch! Das sag ich Direktor Klinger!«, schimpfte sie und lief ins Schulhaus davon.

»Das war doch keine Absicht!«, rief ich ihr hinterher. Aber sie hörte es nicht mehr. »Kannst du nicht aufpassen?« Ich verpasste Tom eine Kopfnuss. Mit Susi war nicht zu spaßen. Sie hatte mal Lars verpetzt, nur weil er im Unterricht eingepennt war. Dabei hatte er nicht mal geschnarcht.

»Was … was …? Wetten, die blufft!«, sagte Tom.

»Und wenn nicht? Dann gibt uns der Klinger einen Verweis!«, beklagte sich Ali. »Und wir müssen wieder Müll vom Schulhof klauben!«

Er hatte recht. Mit dem Direktor war auch nicht zu spaßen. Wer wusste das besser als ich? Ich war ziemlich oft Gast in seinem muffigen Zimmer.

Vielleicht konnten wir Susi friedlich stimmen. Mit einem neuen Kakao. Oder noch besser: etwas Süßem. Ich erzählte den anderen von meinem Plan. Sie nickten und waren beeindruckt, wie viel ich von Frauen verstand.

Wir alle kramten in unseren Taschen nach etwas Brauchbarem. Ali zog einen angelutschten Lutscher heraus. Da klebten überall Taschentücherfetzen und Brösel dran. Und abgebrochen war er auch.

»Was ist mit dem?«, fragte er. Du musst wissen, Ali ist immer hungrig. Sogar nachts, wenn er schläft. Das behauptet er. Dann knurrt sein Magen so laut, dass er davon aufwacht. Deshalb hat er auch immer ein Wurstbrot auf dem Nachttisch liegen. Und Essen in den Hosentaschen.

»Spinnst du? Diesen angesabberten Lolli will Susi bestimmt nicht«, sagte Tobi. Ali zuckte die Schultern und steckte ihn in den Mund.

Weil wir nichts Brauchbares hatten, zählten wir unser Geld. Die Ausbeute war spärlich. Schnell stürmten wir ins Schulhaus zum Pausenverkauf. Frau Bodler ließ bereits die Jalousien herunter.

»Einen Melonen-Kaugummi bitte«, sagte ich.

»Himmel, Arsch und Zwirn, warum fällt euch das jetzt erst ein?«, blaffte sie mich an.

Mürrisch knallte sie den Kaugummi auf den Tresen. »Dreißig Cent.«

Ich zählte die Münzen, die wir zusammengeklaubt hatten. Sie waren in meiner Hand warm geworden und pappten an meiner Handfläche fest. Es waren drei Cent zu wenig. Mist!

»So viel hab ich nicht«, gestand ich.

»Dann verschwende nicht meine Zeit!« Sie griff nach einer spitzen Schere, die neben ihr auf dem Tresen lag. Die anderen gingen in Deckung. Bei der Bodler wusste man nämlich nie, ob man den Tag noch überleben würde. Einmal hatte sie die Polizei gerufen, weil ein Schüler eine angeknabberte Breze wieder auf den Verkaufstisch zurückgelegt hatte. Er musste dann mit auf die Wache. Das hat Conni erzählt. Und jeder in der Schule weiß, dass die Bodler mal im Gefängnis gearbeitet hat. Sie hat dort gekocht und für Ordnung gesorgt und den Insassen mächtig Feuer unterm Hintern gemacht, wenn sie nicht spurten. Manche nennen sie deshalb auch Knasti-Bodler. Aber nur, wenn sie es nicht hört.

Sie schob die Schere in eine Schublade. Erleichtert atmete ich aus, nahm all meinen Mut zusammen und startete einen neuen Versuch. »Ich bringe Ihnen den Rest morgen und …«

*Bäm!*

Knasti-Bodler ließ mit einem lauten Krach die Jalousie herunterknallen.

»Meine Mama killt mich!«, jammerte Ali. Auch die anderen guckten bedröppelt aus der Wäsche. Entmutigt ließ ich meinen Blick umherschweifen. Ich brauchte eine zündende Idee. Als Anführer muss man immer einen Plan B haben.

Und da sah ich ihn: Der Melonen-Kaugummi klemmte

unter der Jalousie. Die anderen folgten meinem Blick. Wir alle dachten dasselbe: Unsere Rettung! Die *Sheriffs* sahen mich an. War ja klar: Sie warteten darauf, dass ich ihn nahm. Selber trauten sie sich nicht. So ist das, wenn man der Anführer ist. Dann trägt man die Verantwortung. Ich schnappte mir den Kaugummi.

Ich schwöre, ich wollte ihn nicht klauen. Er lag doch fast draußen, noch dazu zerquetscht. Den konnte man sowieso nicht mehr verkaufen. Triumphierend hielt ich ihn in die Luft und kramte in meiner Tasche, um das Geld auf den Tresen zu legen.

Plötzlich glotzten Ali, Tobi und Tom auf den Boden, als würden Gummibärchen dort wachsen. Jemand packte mich am Schopf.

»Aua!«, rief ich, doch die Worte blieben mir im Hals stecken. Knasti-Bodler stand neben mir mit wutroten Flecken im Gesicht.

»Du heißt Johnny, nicht wahr? Weißt du, was man früher mit Dieben gemacht hat …?« Sie ließ den Satz unheilvoll in der Luft hängen.

Ich starrte sie an. Manchmal ist es nicht so gut, wenn jeder deinen Namen kennt. Ich dachte an die Gefängnisinsassen und murmelte ein Stoßgebet.

Das war der Moment, in dem Tom, Ali und Tobi die Beine in die Hand nahmen und wegliefen.

Und mich zerrte Knasti-Bodler ins Zimmer des Direktors.

# Schnitzelstrafe

»Ah, unser berühmter Johnny Keller. Erweist du mir wieder die Ehre?«, fragte Direktor Klinger und sah mich freundlich an. So freundlich, wie ein Krokodil eben guckt, wenn es seine Beute sieht.

»Zum wievielten Mal dieses Schuljahr? Zum dritten, vierten, fünften?«

Zum sechsten, dachte ich. Aber ich war schlau genug, es nicht zu sagen.

»Und was hat er diesmal angestellt?« Er wandte sich Frau Bodler zu und verschränkte die Arme vor seinem Hemd, das genauso zerknittert war wie sein Gesicht. Mich fragte er gar nicht. »Deine Ausreden kenne ich bereits alle«, sagte er. Das war echt unfair. Diese kannte er noch nicht.

»Aha, Diebstahl«, konstatierte er, als Knasti-Bodler mich verpetzt hatte. »Lass mal sehen.« Er rückte seine Brille zurecht und blätterte in meiner Akte, die wohl noch von meinem letzten Besuch auf seinem Tisch lag. »Abschreiben, wiederholtes Zuspätkommen, Ärgern der Lehrerin, Unruhestiften, versäumte Hausaufgaben, Raufen im Sportunterricht. Willst du noch mehr hören?«

Nein, wollte ich nicht. Aber irgendein Teufel in mir sagte: »Das mit den überschwemmten Toiletten fehlt noch!«

Direktor Klinger haute mit der Hand auf den Tisch. »Das Lachen wird dir noch vergehen! Diesmal hast du das Fass zum Überlaufen gebracht. Du kommst vor den Disziplinarausschuss. Dort wird entschieden, ob du vom Unterricht ausgeschlossen wirst.«

Alter! Meinte er das ernst?

»Oder kann einer von deinen Freunden das Gegenteil bezeugen? Die waren doch dabei, nicht wahr?« Er sah mich mit seinem Röntgenblick an.

Ha, ich hatte zwar keine Brille wie er, aber auch ich durchschaute ihn sofort! Das war eine Fangfrage. Er wollte, dass ich meine Freunde verpetzte. Aber aus mir würde er nichts herauskriegen! Niemals!

Trotzig verschränkte auch ich die Arme vor der Brust und schwieg.

»Dir steht der Ärger bis zum Hals, und trotzdem schützt du deine Freunde? Würden sie das Gleiche auch für dich tun? Ich glaube nicht«, sagte der Direktor misslaunig.

Weil ich weiter schwieg, fuhr er fort: »Ich kenne Kinder wie dich. Deine armen Eltern haben wegen dir schlaflose Nächte und einen Haufen Probleme! Wie wäre es zur Abwechslung, wenn du mal etwas Sinnvolles mit deiner Zeit anstellst? Zum Beispiel lernen? Oder in einer AG?«

»Oder in meinem Pausenkiosk«, rief Knasti-Bodler plötzlich.

Herr Klinger sah sie ungläubig an. »Ich bin nicht sicher, ob ich verstehe, was Sie meinen …«

»Was soll dieser Disziplinarquatsch denn bringen?«, empörte sich Frau Bodler.

Ich nickte. Endlich mal ein vernünftiges Wort. Strafen hatten bei mir noch nie geholfen. Ich war resistent dagegen. Das sagt Mama zumindest immer.

»Er hat mir den Kaugummi geklaut. Also soll er seine Strafe bei mir absitzen!« Frau Bodler stemmte ihre großen Hände in die Hüften.

»Aber …«, sagte der Direktor.

»Papperlapapp. Nichts ›aber‹!«, schnitt sie ihm das Wort ab. »Alles andere ist Unsinn!«

Direktor Klinger öffnete den Mund und schloss ihn wieder.

Ich staunte. Das Krokodil hatte sich in einen Fisch verwandelt.

»Na schön«, sagte er widerwillig und räusperte sich. »Ich kann nur hoffen, dass Frau Bodler dir den Kopf zurechtstutzt.«

Erst war ich zu perplex, um zu verstehen, was das bedeutete. Dann wurde mir klar: Ich war dem Disziplinardingsbums entkommen.

Ich grinste von einem Ohrläppchen zum anderen.

Doch das Grinsen blieb mir starr im Gesicht kleben, als Knasti-Bodler ihre großen Hände zu Fäusten ballte und sie knacken ließ.

Oh-oh. Ich dachte an meine eigenen Knochen, die zwischen ihren Fingern wie Zahnstocher brechen würden.

Zwangsarbeit bei Knasti-Bodler war vielleicht doch keine gute Alternative.

Panisch sah ich mich um.

»Ich muss zum Unterricht«, murmelte ich und rannte zur Tür. Wenn ich es schaffte, ihr zu entwischen, müsste sie mich erst einmal finden.

»Ich will dich in diesem Schulleben nicht mehr zu Gesicht bekommen!«, rief der Direktor mir nach. Die Türe knallte hinter mir zu.

Draußen atmete ich den Geruch der Freiheit ein. Ich konnte mein Glück kaum fassen. Jetzt schnell weg von hier! Doch plötzlich packte eine Hand meine Schulter und hielt mich zurück.

»Hiergeblieben!« Der Geruch nach Freiheit wich dem Gestank von Schnitzelfett und Ketchup.

»Glaub ja nicht, dass du dich davonstehlen kannst!«, polterte Knasti-Bodler.

Verflixt! Sie war nicht nur stark, sondern auch flink. Ich hatte sie unterschätzt.

»Ihr Parfüm duftet vorzüglich«, lobte ich. Vielleicht konnte ich ihr entkommen, indem ich sie mit Komplimenten gnädig stimmte.

»Das Schnitzelparfüm gefällt dir? Sehr gut, davon gibt es bei mir reichlich. Am Freitag um halb acht! Und wehe, du bist zu spät!«

Na wunderbar. Ich musste an meinen Komplimenten noch feilen.

# Erpressung

Zu meinem Glück hatte der Unterricht noch nicht begonnen. Auch unsere Lehrerin Frau Beckbaum verspätete sich. Ali, Tom und Tobi liefen mir entgegen.

»Hast du eine Strafe bekommen?«, fragte Tom.

»Hast du uns verpetzt?«, fragte Ali.

»Kriegen wir jetzt alle einen Verweis?«, fragte Tobi.

»Ja«, sagte ich.

»Waaas?« Ali bekam rote Flecken vor Sorge. »Ich bin tot. Wir sehen uns auf meiner Beerdigung.«

»Mensch, krieg dich ein. Was denkst du denn? Ja, ich hab eine Strafe bekommen. Und nein, ich habe euch nicht verpetzt«, korrigierte ich.

Ali ließ sich vor Erleichterung auf die Bank plumpsen. Doch die Erlösung verpuffte genauso schnell, wie sie gekommen war. Denn plötzlich schob sich Susi in unser Sichtfeld. Sie grinste uns schadenfroh an.

»Wir sind Hackfleisch«, sagte Tobi. »Die wartet doch nur drauf, uns zu verpfeifen. Jetzt war alles umsonst!«

»War es nicht«, entgegnete ich und öffnete meine Handfläche. Da lag der Kaugummi.

»Johnny, du bist der Beste!« Die *Sheriffs* fielen mir nacheinander um den Hals.

Wir entschieden, dass Tom Susi den Kaugummi geben musste. Schließlich war alles seine Schuld. Tom weigerte sich. Aber der *Sheriff*-Rat hatte getagt, er hatte keine andere Wahl. Ali begleitete ihn zur seelischen Verstärkung.

Susi schlüpfte aus ihrem schneenassen, kakaoverkleckerten Mantel, als Tom auf sie zutrat.

Er hielt ihr den Kaugummi hin. »D… d… der Kaugummi … also … wenn du willst … wegen dem Schnee …«

»Komm endlich zum Punkt!«, fauchte Susi.

Kein Wunder. Wer sollte das Gebrabbel schon verstehen? Tom wurde ganz klein. Tobi verdrehte die Augen. Ich seufzte. Nur Ali ließ sich von Susi nicht einschüchtern. Er boxte Tom einmal in die Seite. Manchmal brauchte der einen Stups, damit sich der Knoten in seiner Zunge löste. Es wirkte.

»Äh … Der Kaugummi ist für dich. Aber du darfst uns nicht verpetzen«, sagte Tom knötchenfrei.

»Vergiss es!«, fauchte Susi.

»Aber …« Hilfe suchend schaute Tom zu uns herüber.

Ich schluckte. Wenn mein Plan nicht klappte, würde ich in weniger als einer Stunde wieder bei Direktor Klinger sitzen. Und diesmal würde mich nichts retten!

»Du machst für mich die Hausaufgaben. Die ganze nächste Woche«, sagte Susi plötzlich.

»Waas? Ich … aber …«, stammelte Tom.

»Wenn du nicht willst, dann geh ich zum Direktor.« Sie wandte sich um und schritt zur Tür.

Diesmal verpasste Ali Tom so einen heftigen Schlag, dass er stolperte.

»Okay. Ich mach's. Du bekommst die Hausaufgaben«, rief Tom schnell.

Triumphierend schaute Susi ihn an. »Jeden Tag. Um fünf bei mir.« Mit hoch erhobenem Kopf marschierte sie davon.

Tom sah ihr erschüttert hinterher. Ich selbst konnte kaum glauben, was ich gehört hatte. Susi schrieb nur Einser. Mit Stern. Im Gegensatz zu mir brauchte sie niemanden, der die Hausaufgaben für sie machte. Da steckte etwas anderes dahinter. Nur was? Schlagartig wurde mir klar: Mädchen sind wie Außerirdische. Sie sind unberechenbar.

## Spurlos verschwunden

Im Unterricht schmiss ich aus Rache Papierkügelchen auf Susi. Komisch, dass ich immer nur Cora traf, die neben ihr saß. Cora ist Susis Freundin und das netteste Mädchen in der Klasse. Auch die anderen finden das. Jetzt ärgerte ich mich noch mehr. Cora merkte es nämlich gar nicht. Schnell feuerte ich noch eine letzte Papierkugel ab.

Daneben.

Frau Beckbaum kniff ihre Augen zusammen und zog die Stirn kraus. Wir nennen es das »Oh-oh«-Gesicht. Das bedeutete nichts Gutes. Hatte Susi uns doch verpfiffen? Frau Beckbaum stellte sich vors Pult, faltete die Hände vor der Brust, und dann sagte sie:

»AMIN IST VERSCHWUNDEN. Seit gestern Nachmittag. Niemand weiß, wo er ist. Hat ihn vielleicht von euch jemand gestern nach der Schule gesehen?« Ihre Stimme zitterte.

Sofort gab es ein riesengroßes Gemurmel. Alle schüttelten betreten den Kopf. Plötzlich meldete sich Matteo. »Doch, ich! Er hat nach der Schule bei Johnny geklingelt!«

Auf einmal waren sechzig Augen auf mich gerichtet. Ich war völlig überrumpelt. Und das Einzige, was ich denken konnte, war: Wer zum Kuckuck ist Amin?

»Johnny?« Frau Beckbaum sah mich mit einem großen Fragezeichen in den Augen an. Und noch etwas anderes schimmerte darin: Hoffnung.

Noch immer warteten alle auf meine Antwort. »Amin?«, stammelte ich stattdessen. In dem Moment, in dem ich seinen Namen ausgesprochen hatte, dämmerte es mir. Amin war der Junge, der seit diesem Jahr in unsere Klasse ging. Manchmal fehlte er auch, weil er irgendeinen Zusatzunterricht bekam. Und wenn ich eines wusste, dann, dass er ganz sicher nicht bei mir gewesen war.

Wieso auch? Ich hatte noch nie mit ihm gesprochen, nie seine Hausaufgaben abgeschrieben, ihm nie einen Streich gespielt. Ich konnte mich noch nicht mal so richtig erinnern, wie er aussah. Das Bild in meinem Kopf war nur verschwommen.

»Was wollte er von dir?«, fragte mich Frau Beckbaum.

»Was? Er war nicht bei mir!«, rief ich. Warum behauptete Matteo so etwas?

»Bist du dir sicher? Das hier ist kein alberner Scherz, Johnny, du musst die Wahrheit sagen!«

»Sag ich doch«, wehrte ich mich und warf Matteo Todesblicke zu.

Frau Beckbaum seufzte und schlug die Hände über der Brust zusammen. Der Hoffnungsschimmer in ihren Augen erlosch. »Also keiner?« Sie drehte sich zur Tafel um, und ich hörte sie gepresst sagen: »Nehmt eure Bücher raus.«

In der Pause rempelte mich Matteo von der Seite an. »He, warum lügst du?«

»Spinnst du? Ich lüg nicht!«, rief ich.

»Ich hab ihn bei dir gesehen. Gestern, nachdem wir gegen euch Loser das Fußballturnier gewonnen haben!« Natürlich musste er uns unsere Niederlage unter die Nase reiben.

Ich sah Matteo finster an. Er hatte früher oft versucht, sich bei mir einzuschleimen. Er war groß. Er war stark. Und er wollte ein *Sheriff* sein. Aber ich ließ ihn nicht. Wir sind eine Vierergang. Das haben wir uns schon im Kindergarten geschworen. Im Park hinter meinem Haus. Dort haben wir den Schwur auf ein Blatt geschrieben und es im Sandkasten verbrannt. Jeder von uns musste in die heiße Asche langen und sich mit dem Ruß einen Sheriffstern auf den Arm malen. Seitdem male ich jeden Morgen mit Kuli einen Sheriffstern auf meinen Oberarm. Ist ein Ritual. Und unser geheimes Erkennungszeichen.

Irgendwann hatte Matteo seine Taktik geändert und beschlossen, sich an mir zu rächen. Er ließ keine Gelegenheit aus, mich vor den anderen runterzumachen. Wie jetzt.

»Ihr wart in der Überzahl! Nur deshalb habt ihr gewonnen!«, schmetterte ich seine Beleidigung ab. Aber von Fairness hatte Matteo noch nie viel verstanden.

Jetzt wandte er sich an Tobi, Ali und Tom. »Was wollt ihr überhaupt mit dem? Wieso sucht ihr euch nicht jemand anderen als Anführer? Der ist doch voll ehrenlos.«

»Und wen? Dich?«, zischte ich.

»Ich weiß wenigstens, wie man gewinnt!«

Pah! Witz, lass nach! Matteo kapierte nicht, dass es mehr brauchte zum Anführer. Ich hatte die Verantwortung. Ich war es, der die Prügel kassierte, wenn etwas schieflief. Wie heute.

»Kommt, wir gehen!«, sagte ich zu den *Sheriffs*. Ich drehte mich um und marschierte davon. Aus den Augenwinkeln sah ich, dass Matteo Tobi am Ärmel zurückhielt und ihm etwas ins Ohr flüsterte. Doch ehe ich Tobi danach fragen konnte, gongte es.

In der nächsten Stunde hatten wir Mathe. Mich wurmte noch immer, dass Matteo Tobi etwas zugeflüstert hatte.

Doch dann klappte Herr Fichte die Flügel des Whiteboards auf. Und mein Ärger war verflogen. Auf der Tafel glotzte uns ein Bild entgegen.

Der Hahn sah eindeutig aus wie Matteo. Die ganze Klasse lachte. Auch ich. Matteo wurde knallrot. Wütend sah er sich nach dem Missetäter um. Er wollte Rache – so viel war klar.

»Wer war das?«, fragte Herr Fichte.

Niemand meldete sich. Logisch. Keiner war so dämlich, das zuzugeben. Zu gerne hätte ich gewusst, wer das Bild gemalt hatte – es war ein Volltreffer.

Herrn Fichtes Blick blieb an mir hängen. Ich hörte auf zu lachen und versuchte, ernst zu gucken. War ja klar, dass er als Erstes mich verdächtigte. Nur erstens konnte ich nicht so gut malen. Und zweitens wollte ich nicht für etwas bestraft werden, für das ich ausnahmsweise nicht die Bohne konnte. Wir lieferten uns ein Blickduell. Als Herr Fichte kapierte, dass die Suche nach dem Schuldigen aussichtslos war, fuhr er mit dem Unterricht fort. Nur Matteo ließ seinen finsteren Blick über die Schüler schweifen. Wer auch immer das gemalt hatte, würde noch mächtig Ärger mit ihm kriegen.

»Weißt du, wer das war? Matteo war voll angepisst«, sagte Tobi auf dem Nachhauseweg. Wir kickten die Dose, die er im Gebüsch vor der Schule versteckt hatte.

Ich schüttelte den Kopf. »Kein Plan. Aber geschieht ihm ganz recht. Was wollte Matteo überhaupt von dir?«

Tobi schaute auf den Boden. »Nix«, sagte er und wurde rot.

Ich blieb stehen. Seit wann hatte Tobi Geheimnisse vor mir? Verärgert kickte ich die Dose unter ein parkendes Auto.

»Mensch, pass doch auf!«, beschwerte Tobi sich.

»Pass doch selber auf!«, meckerte ich zurück. Im selben Moment tat es mir leid, und ich wechselte das Thema. »Warum muss der auch immer so flexen? Matteos Mannschaft hat das Turnier nur gewonnen, weil sie in der Überzahl waren.«

»Ja, voll unfair. Aber ist doch alles Amins Schuld. Welcher Knallkopf vergisst schon vor dem Fußballturnier seine Schuhe?«, sagte Tobi.

Jetzt erinnerte ich mich, dass Amin gestern das ganze Turnier über auf der Bank sitzen musste, weil er seine Sportschuhe verloren hatte.

»Keine Sportsachen, kein Spiel! Das ist die Regel«, hatte der Sportlehrer gesagt.

»Was wetten, Amin kann nicht mal Fußball spielen? Außerdem, wer will den schon in seinem Team?«, sagte Tobi. »Der ist doch komisch.«

Da hatte Tobi recht. Ich konnte mich nicht erinnern, ihn jemals in meine Mannschaft gewählt zu haben.

»Weißt du noch, als Lars' Handy geklaut wurde? Das war Amin«, sagte Tobi.

»Trotzdem seltsam, dass er einfach so verschwunden ist«, sagte ich.

»Vielleicht ist er überfahren worden«, rätselte Tobi. »Oder entführt?«

»Ja, vielleicht.« Der Gedanke saugte sich unangenehm an meinem Hirn fest. Ich grübelte darüber nach, was ich in so einer Situation tun würde.

»Kommst du heute zum Training?«, fragte Tobi und riss mich aus meinen Überlegungen. Wir waren jetzt schon über der großen Kreuzung. Tobi musste nach links, in die Ruppertstraße. Ich musste nach rechts, in die Kolbenstraße. Dort wohnte ich. In dem Wohnblock mit der Nummer 14 im dritten Stock.

»Logisch.« Wir klatschten uns ab. Dann ging jeder in seine Richtung.

Zu Hause warteten Mama und Niko schon mit dem Essen auf mich. Niko ist mein kleiner Bruder. Er geht noch in den Kindergarten. Es duftete nach Pfannkuchen.

»Wie war es in der Schule?«, fragte Mama, während sie einen Teller vor mich stellte. Süßes zum Mittagessen gab es nur, wenn sie gute Laune hatte. Ich zuckte zusammen und dachte an den Disziplinarausschuss, Direktor Klinger und die Arbeitsstunden bei Knasti-Bodler. Kurzerhand beschloss ich, mit der Beichte zu warten. Außerdem wäre es doch fies von mir, ihr die gute Laune zu verderben.

»Amin ist verschwunden«, sagte ich ausweichend und steckte einen großen Bissen in meinen Mund.

»Amin? Wer ist das?«

»Einer aus der Klasse.«

»Du hast nie etwas von ihm erzählt.«

»Na ja, ich kenne den nicht so gut.« Das war höllisch untertrieben.

Ich erzählte ihr, was Frau Beckbaum gesagt hatte.

»Das ist ja entsetzlich! Seine arme Mutter.« Seufzend ging Mama in die Küche, um eine neue Portion zu backen.

»Der hat gestern hier geklingelt«, platzte Niko auf einmal heraus.

Ich ließ die Gabel fallen.

»Wie, der hat ›geklingelt‹?«

»Wie ›wie‹?«, fragte Niko.

»Na wann? Und wieso?« Warum sollte Amin bei mir klingeln?

Niko zuckte mit den Schultern. »Ich hab ihm gesagt, dass du bei Tobi bist.«

»Und was wollte er?«

»Hat er nicht gesagt. Nur dass es wichtig ist.«

»Und wieso sagst du das erst jetzt?«

»Du hast ja nicht gefragt!«, rief Niko.

»Wie denn auch? Ich wusste ja nix!«

»Hört jetzt auf zu streiten!«, schimpfte Mama.

»Dödel!«, maulte ich Niko an. Ich hatte keinen Hunger mehr. Ich konnte nur noch an Amin denken. Und dass er bei mir geklingelt hatte, bevor er verschwunden war. Und er hatte gesagt, es sei wichtig. Was war passiert?

Ich wollte in mein Zimmer gehen und die Klassenfotos

ansehen. Ich wollte, dass das verschwommene Bild in meinem Kopf scharf wurde. Aber Mama klapperte noch immer mit der Pfanne. Das würde dauern.

»Selber Dödel!«, maulte Niko und tat das, was er immer tat, wenn er mich ärgern wollte. Er äffte mich nach. Wenn ich trank, trank er ebenfalls. Wenn ich mich am Kopf kratzte, kratzte er sich auch. Wenn ich etwas sagte, plapperte er es mir nach. Ich versuchte, ihn zu ignorieren. Aber versuch mal, dein Spiegelbild nicht anzugucken. Das geht nicht!

Schließlich hatte ich die Nase voll. Ich packte seinen Arm und drehte ihn um. Zur Warnung. Aber kaum hatte ich ihn berührt, lief Niko heulend in die Küche und rotzte Mamas Kleid voll. »Johnny hat mir wehgetan.«

Na toll, dachte ich, jetzt gibt's Ärger. Und der Ärger kam auch schon angebraust.

»Sag mal, spinnst du?«, rief Mama. »Wieso musst du jedes Mal so grob werden?«

»Aber Niko hat angefangen.«

»Er ist jünger als du«, sagte Mama.

»Na und?«, rief ich. Das sagten Mama und Papa ständig. Niko ist *schwächer* als du. Niko ist *jünger* als du. Niko ist *kleiner* als du. Nie bekam er eine Strafe. Napoleon war auch ein Winzling und wurde trotzdem auf eine Insel verbannt. Das ist voll unfair.

Aber ich wusste, in Wirklichkeit gab es einen anderen Grund, weshalb Niko nie Anschiss kriegte und ich immer. Doch den verrate ich dir nicht.

Auf einmal klingelte das Telefon. Normalerweise plapperte Mama immer drauflos. Diesmal blieb sie stumm und presste die Lippen aufeinander. Die wurden ganz weiß. Nach einer Weile sagte sie etwas, das ich nicht verstand. Dann legte sie auf und sah mich an.

»Hast du vergessen, mir etwas zu sagen?« Ihre Stimme klang frostig.

Meine Lippen wurden trocken. Ich überlegte hektisch. Was hatte ich in der letzten Woche angestellt? War das Connies Mutter? Weil ich ihm vergammelten Käse ins Federmäppchen gelegt hatte? Oder …

Die Antwort kam prompt. »Das war Direktor Klinger. Er sagt, du wärst heute fast vorm Disziplinarausschuss gelandet. Wegen *Diebstahl*!« Ihre Stimme schraubte sich steil nach oben.

*Diebstahl.* Das klang so groß.

»Das war gar nicht so …«, verteidigte ich mich. Aber Mama wollte meine Erklärung genauso wenig hören wie der Direktor.

»Ich habe genug von deinen Ausreden. Er hat gedroht, dich nächstes Mal von der Schule auszuschließen. So geht es nicht weiter.«

»Aber …«, versuchte ich es erneut.

»Du gehst sofort auf dein Zimmer. Und Fußball fällt für dich heute aus, haben wir uns verstanden?«

Ich kochte vor Wut. Beleidigt lief ich in mein Zimmer und schmiss die Türe hinter mir zu. Auf einmal hörte ich

Mama in der Küche kreischen. Sie rief »Feuer!« oder so was. Der Pfannkuchen war jetzt wahrscheinlich rabenschwarz.

Mir doch egal. Sollte die doofe Pfanne eben brennen. Immer gab sie mir die Schuld. Niko hatte noch nie eine Strafe bekommen. Er war ja auch das Lieblingskind. Oder das *richtige* Kind. Er hatte braune Haare. Und braune Augen. Und eine Stupsnase. Wie Mama und Papa. Und jetzt guck *mich* mal an.

Ach nee, geht ja nicht. Dann sag ich's dir: Ich habe viel hellere Haare. Und blaue Augen. Und keine Stupsnase. Na? Kapierst du? Ja genau. Und warum sonst bekomme immer ich Anschiss und Niko nie, hm? Dafür gibt es nur eine Erklärung: Ich bin *adoptiert*. Mist! Eigentlich wollte ich dir das gar nicht verraten. Aber egal jetzt. Mama und Papa haben das zwar nie gesagt, aber das sieht doch ein Blinder!

Und außerdem bin ich der Einzige in der Familie mit *verbuggten* Genen. Und die machen immer, dass ich in Schwierigkeiten gerate. Stell dir vor, in deinem Körper steckt ein kaputter Kompass. Und der zeigt immer in die falsche Richtung. Du trottest brav hinterher, und *bäm!* – du landest immer dort, wo du nicht sein solltest. Und dort, wo es Ärger gibt. So ist das bei mir!

Die Gene der Eltern werden an die Kinder vererbt. Das hab ich im Fernsehen gesehen. Aber Mama und Papa mussten noch nie in der Arbeit nachsitzen oder Strafarbeiten machen. Woher habe ich also die Gene? Richtig: Irgendwo da draußen sind Eltern, die ständig in der Klemme stecken. Wie ich.

Ich wollte Hausaufgaben machen und kruschte mit extra viel Lärm meine Hefte aus dem Schulranzen. Sollte Mama ruhig hören, wie wütend ich war. Doch dann wurde ich noch wütender. Denn immer war die Tinte plötzlich da, wo sie nicht sein sollte, und überall waren blaue Patzer. Mama sagt, das liegt daran, dass ich Linkshänder bin. Aber Papa ist auch Linkshänder, und bei ihm gibt es keine Tintenflecke auf dem Papier.

Ich pfefferte die Hausaufgaben in die Ecke. Und musste wieder an Amin denken. Schließlich hatte er mir den Schlamassel eingebrockt!

Ich sah schon die Schlagzeile vor mir:

**Kind entführt! Wer hat Amin gesehen?**

Ich stellte mir vor, dass ich entführt werde. Alle weinen um mich. Meine Eltern sehen aus wie Zombies. Vor Sorge. Und nach Tagen des Hungers kehre ich zurück. Niko plärrt, aber niemanden interessiert's. Alle wollen, dass ich ihnen die Geschichte von der Entführung erzähle. Ich bin ein Held.

Dann wachte ich aus meinem Tagtraum auf. Ich war nicht entführt worden. Und ein Held war ich auch nicht. Ich lag auf dem Boden meines Zimmers. Das Schulheft war halb leer. Und meine Mama hantierte noch immer sauer in der Küche mit den Pfannen herum. Mann, hatte Amin Glück! Alle sorgten sich um ihn.

Plötzlich fiel mir das Klassenfoto wieder ein. Schnell zog ich das Fotoalbum aus dem Schrank und ging jeden Schüler durch. Aber Amin fehlte. Ich fragte mich, ob seine Eltern reich waren. Warum sonst sollte ihn jemand entführen, wenn nicht für Lösegeld?

Auf einmal ging die Tür auf. Mama kam herein. Ich sah sie nicht an. Darauf konnte sie warten, bis sie schwarz war wie der Pfannkuchen!

»Jonas, ich kann dir das nicht durchgehen lassen. Strafarbeiten sind eine Sache, aber Diebstahl ist etwas anderes. Was ist nur in dich gefahren?« Sie schrie nicht, also musste es ihr besonders ernst sein.

Ich schwieg.

»Ich werde das nicht dulden. Ich habe meine Kinder sicher nicht dazu erzogen zu klauen, verstanden? In zwei Wochen ist Weihnachten. Bis dahin hast du Zeit, dir zu überlegen, wie du dich bessern kannst. Ansonsten bleibt dein Wunschzettel ein Wunschzettel, und das neue Handy kannst du dir abschminken.«

In dem Moment steckte Niko den Kopf unter Mamas Arm durch. »Kriegt Johnny jetzt keine Weihnachtsgeschenke? Aber ich schon, oder? Mama, ich schon!«

»Aber ja.« Sachte schob ihn Mama weg. »Das hat Johnny sich ganz allein zuzuschreiben!«

Ich atmete hektisch ein. Das konnte nicht ihr Ernst sein! Wollte sie mir etwa Weihnachten klauen?

»Und Niko? Wenn der was macht, dann sagt ihr nie was!«

»Niko hat nicht geklaut!«

»Ich auch nicht! Das war ich nicht! Das waren meine verbuggten Gene!«, rief ich. Jetzt war es raus. Sollte sie nur wissen, dass ich es wusste. Ich war nicht ihr Kind. Ich war das Kind fremder Eltern, die wahrscheinlich ständig in der Klemme steckten.

Ich dachte, sie würde mich verblüfft anschauen. Ich dachte, sie würde rufen: »Jonas, du weißt Bescheid? Seit wann?« Aber anstatt dessen rief sie:

»Jetzt hör auf zu spinnen! Ich will keine Ausreden hören!« Sie wirbelte herum und lief aus dem Zimmer. Niko rannte ihr nach.

Ich war baff. Ich starrte ihr hinterher. Sie hatte einfach nicht reagiert! Obwohl ich ihr eröffnet hatte, dass ich wusste, wie es um meine Gene stand. Wahrscheinlich hatte sie nicht zugehört. Wie immer! Oder sie hatte es gehört – und mit ihrem Schweigen zugegeben, dass ich recht hatte!

# Das Verhör

»Wo warst du gestern?«, wollte Tobi wissen. Wir kickten wieder zusammen die Limodose zur Schule.

»Ich durfte nicht zum Training. Der Direktor hat mich verpetzt.«

»Matteo ist jetzt auch im Verein«, sagte Tobi unvermittelt.

Ich blieb stehen. »Seit wann?«

»Seit gestern.«

Echt jetzt? Das hatte Matteo also Tobi ins Ohr geflüstert. *Pfft.* Meine gute Laune war verpufft. Wütend kickte ich die Dose in die Luft.

»Der trifft doch nicht mal 'nen Elefanten, wenn er vor ihm steht.«

»Er hat aber coole Schuhe, mit einem Autogramm von Musiala«, schwärmte Tobi.

Als ob!

»Wen interessieren schon die Stinkeschlappen von Musiala?«, maulte ich.

»Was ist denn mit dir los?«, fragte Tobi.

Ich konnte sehen, dass er sauer war. Musiala war heilig.

Aber Tobi wollte genauso wenig streiten wie ich. »Wenn du dein Handy bekommst, dann können wir in den Ferien zocken«, sagte er.

Ja, wenn! Ich dachte an Weihnachten und an das Handy, das ich nicht bekommen würde. Mein altes war Schrott. Mal wieder. Jetzt war ich seit zwei Monaten ohne. Ich biss die Zähne aufeinander. Zocken war nicht. Und wie es aussah, würde das auch so bleiben.

»Logisch! Dann zocken wir«, sagte ich gereizt und warf einen Schneeball auf ein vorbeifahrendes Auto.

»Spinnst du! Das ist der Knarz!«, rief Tobi.

In dem Moment sah auch ich, dass das Auto auf den Lehrerparkplatz einbog. Wir fingen gleichzeitig an zu rennen. Über den verschneiten Schulhof, ins matschige Schulhaus rein, die Treppen hoch in zweiten Stock und dann nach links ins Klassenzimmer 207. Wir schnauften wie zwei Walrösser in Rente, als wir uns auf unsere Plätze plumpsen ließen.

»Mann, Johnny!«, rief Tobi.

Ich grinste. Er grinste zurück.

Ich sah mich nach Amin um. Sein Platz war immer noch leer.

Obwohl es längst gegongt hatte, war Frau Beckbaum noch nicht da. Ich hatte Conni zum Spaß seinen Bleistift geklaut. Jetzt verfolgte er mich durch das Klassenzimmer. Wir fetzten durch die Gänge. Ich stieß zwei Stühle um. So oft wie möglich lief ich an Coras Platz vorbei. Damit sie mich endlich bemerkte, stieß ich ihr Federmäppchen vom Tisch.

»Pass doch auf, Johnny!«, rief sie mir wütend zu. Mein

Herz hüpfte vor Freude. Ich fühlte mich großartig. Conni und ich standen gegenüber am Lehrerpult. Um uns drängte sich die halbe Klasse. Die Kinder riefen: »Conni, Conni.« Aber die meisten feuerten mich an: »Johnny, Johnny.«

»Gib den Bleistift her!«, zischte er.

Ich grinste. »Hol ihn dir doch!«

Plötzlich wurde es mucksmäuschenstill hinter mir.

Ich sah mich um. Da stand Frau Beckbaum. Aber sie war nicht alleine. Zwei Polizisten standen mit verschränkten Armen neben ihr. Sie starrten uns an.

»Johnny, Conni, sofort auf eure Plätze«, sagte Frau Beckbaum.

Schnell schob ich mich in die hintere Reihe auf meinen Stuhl. Was wollte die Polizei hier? Hatte der Direktor mich doch angezeigt? Vor meinem inneren Auge ploppte die nächste Schlagzeile auf:

**Melonen-Kaugummi gestohlen –
Johnny Keller verhaftet**

Panisch schielte ich zu Tobi, aber der zuckte nur mit den Schultern.

»Die Herren Polizisten haben eine Bitte an euch, Kinder«, sagte Frau Beckbaum.

Die ganze Klasse fing an zu tuscheln.

»Kein Grund zur Aufregung. Es geht um Amin. Sie werden ein paar Namen vorlesen. Und dann werden diejenigen der Reihe nach mit den Herren ins Nebenzimmer gehen und dort ein paar Fragen beantworten«, sagte sie.

Heiliger Maradona! Sie waren also nicht hier, um mich abzuführen. Sie waren wegen Amin hier. Ich starrte auf seinen Platz. Zum ersten Mal fiel mir auf, dass da niemand sonst saß. Hatte er keinen Banknachbarn? Ich hatte noch nie allein gesessen. Außer mal einen Tag zur Strafe. Oder beim Nachsitzen. Das kam schon öfter mal vor. Aber immer? Das war doch stinklangweilig. Und peinlich noch dazu. Dann dachten ja die anderen, dass man keine Freunde hat. Ich sah mich in der Klasse um. Hatte Amin überhaupt Freunde?

Der größere Polizist räusperte sich. Er sah aus wie ein Bär. Alles an ihm war zottelig und buschig. Sogar sein Schnauzer. In seinen großen Händen hielt er ein Blatt Papier und las die Namen auf der Liste vor. Gespannt hielt ich den Atem an.

»Alan Vuković, Lars Beinfeld, Tina Kruse, Ruppert Sauer und Aisha Cabut. Wenn wir euch rufen, kommt ihr bitte nach vorne. Wir haben nur ein paar Fragen.«

Ich atmete erleichtert aus. Mein Name stand nicht auf der Liste. Aber irgendwie enttäuscht war ich auch. Als Erster wurde Ruppi aufgerufen. Frau Beckbaum nickte ihm aufmunternd zu. Unsicher ging er nach vorne. Dabei stolperte er vor Aufregung. Die Klasse lachte. Der kleinere Polizist legte freundlich die Hand auf seine Schulter und schob ihn aus dem Zimmer. Keiner traute sich, etwas zu sagen. Alle starrten wie hypnotisiert auf die Tür, hinter der Ruppi verschwunden war. Sogar Frau Beckbaum. Zum ersten Mal kam sie mir vor wie ein Mensch. Nicht wie eine Lehrerin. Es dauerte eine Ewigkeit, bis sich die Tür wieder öffnete und Ruppi hereintrat. Dabei waren erst drei Minuten vergangen.

Jetzt ging er aufrecht, mit einem Lolli im Mund, zurück zu seinem Platz. Dann war Tina dran. Sie verließ mit den Polizisten den Raum. Sogleich stürzten wir uns auf Ruppi. Alle fragten durcheinander. Selbst Frau Beckbaum lauschte neugierig.

»Was wollten die von dir?«

»Wirst du verhaftet?«

»Was hast du gesagt?«

Weil alle auf einmal drauflosplapperten, konnte man kaum verstehen, was Ruppi sagte.

»Die wollten nur wissen, wann ich Amin das letzte Mal gesehen habe, weil wir den gleichen Schulweg haben. Und ob er irgendwas gesagt hat, warum er verschwunden ist. Und ob er sich komisch benommen hat und so.«

Dann hatten sie Ruppi den Lolli gegeben und ihn ins Klassenzimmer begleitet. Nach Tina kamen die anderen dran. Allen stellten die Polizisten die gleichen Fragen. Bevor sie gingen, fragte der Bär in die Klasse: »Will uns vielleicht sonst noch jemand etwas sagen?«

Keiner rührte sich. So leise war es noch nie im Klassenzimmer gewesen. Fieberhaft kaute ich an meinem Fingernagel. Und plötzlich sah ich meinen Finger aus meinem Mund in die Luft schießen. Alle glotzten mich an wie einen Frosch mit Segelohren. Sogar die Polizisten. Aber ich konnte mir keine Gedanken darüber machen. Denn am überraschtesten war ich selbst. Was hatte ich angestellt?

Der Bär musterte mich unter seiner Dienstmütze und rief mich nach vorne. Mit Puddingbeinen schleppte ich mich zu ihm. Er dirigierte mich ins Nebenzimmer. Mein Herz klopfte wie wild. Was sollte ich ihnen denn erzählen? Ich kannte doch Amin gar nicht. Und das mit den Genen würden sie mir auch nicht glauben. Und die waren schließlich schuld an dem Schlamassel, in dem ich schon wieder steckte.

Wir setzten uns an eine Schulbank. Ich auf der einen Seite, die zwei Polizisten auf der anderen. Ich hämmerte mit meinem Schuh nervös gegen das Tischbein. Der Kleinere nahm einen Stift und ein Blatt Papier und sah dann den Bären an. Der ist wohl der Chef, dachte ich. Der Bär sah mir direkt in die Augen. Ich war mir sicher: Er durchschaut mich wie Pauspapier. Aber dann fragte er zu meinem Erstaunen: »Sag mir erst, wie du heißt und wo du wohnst.«

»Ich heiße Jonas Keller und wohne in der Kolbenstraße 14«. Meine Stimme zitterte. Der Kleine notierte sich alles auf dem Blatt. Ich wunderte mich, wie er lesen konnte, was er schrieb. Sein Stift verrutschte ein paarmal und machte Kleckse. Das beruhigte mich ein wenig. Auch Polizisten sind Schmierfinke, dachte ich. Aber dann sah er mich an.

»Könntest du bitte aufhören, mit dem Fuß gegen den Tisch zu hauen? Ich kann so nicht schreiben.«

Sofort hörte ich auf. Ich spürte, wie mein Gesicht heiß und rot zugleich wurde.

»Du möchtest uns also etwas über Amin erzählen?«, fragte der Bär.

Nein, wollte ich nicht! Verlegen sah ich auf den Boden.

»Du brauchst keine Angst zu haben. Du kannst uns alles sagen«, brummte er. Seine Stimme klang freundlich. Und auf einmal purzelten die Worte aus mir heraus.

»Ich kenne Amin gar nicht. Wir sind keine Freunde oder so. Ich weiß noch nicht mal, wo er wohnt.«

Die Polizisten schauten sich fragend an.

»Ich hab ihn beim Sport nie in mein Team gewählt. Keine Ahnung, warum. Niemand hat das. Was ist mit Amin? Kommt er wieder?«

Der kleine Polizist hatte aufgehört zu schreiben und sah mich verwirrt an.

Der Bär lächelte. »Nun, leider wissen wir auch nicht, wo er ist. Und wie es scheint, weißt du auch nicht mehr als wir?«

Ich schüttelte peinlich berührt den Kopf. »Er hat mal geklaut«, hörte ich mich plötzlich sagen. Eigentlich wollte ich das gar nicht, aber ich hatte das Gefühl, nach dieser dämlichen Aktion etwas Sinnvolles beitragen zu müssen.

Das Gesicht des Bären verfinsterte sich. »Ich habe von den anderen Kindern davon gehört. Anscheinend ist er ein schulbekannter Dieb. Hast du ihn beim Klauen gesehen?«

Ich schüttelte den Kopf.

»Hat ihn ein Lehrer erwischt? Oder sonst jemand?«

Wieder schüttelte ich den Kopf.

»Aha. Weißt du, was mich am meisten wundert? Alle Kinder wissen angeblich, dass er klaut. Aber keiner hat je mit ihm gesprochen. Oder gespielt. Keiner weiß etwas über ihn. Noch nicht einmal, dass er ein begnadeter Fußballspieler ist.«

»Amin? Echt?«

»Allerdings. Er ist wohl ziemlich gut.«

Jetzt war ich baff. »Und das mit dem Klauen?«, fragte ich.

»*In dubio pro reo!* Das heißt auf Lateinisch: *Im Zweifel für den Angeklagten*. Jemand ist unschuldig, solange seine Schuld nicht bewiesen wurde. Und so, wie ich das sehe, hätte jeder andere dieses Handy auch klauen können.«

Ich weiß nicht, wieso. Aber auf einmal war ich mir sicher, dass Amin kein Dieb war. Genauso wenig wie ich. Ich wollte diesen doofen Kaugummi doch bezahlen!

»Und nun müssen wir wieder an die Arbeit, Jonas.« Der Bär zog einen Lolli aus seiner Tasche und drückte ihn mir in die Hand.

»Danke«, sagte ich. »Und nennen Sie mich Johnny.«

Plötzlich hielt der Bär mitten in der Bewegung inne. Auch der Kleine starrte mich an. »Du bist Johnny?«

»Ja?« Ich schluckte. Was war jetzt wieder? Hatte Direktor Klinger mich also doch verpetzt?

»Dann bist du es, bei dem Amin kurz vor seinem Verschwinden geklingelt hat? Aisha hat das erwähnt. Wir wollten noch mit dir sprechen«, sagte der Bär.

Aha. Darum ging es also. Aber das beruhigte mich keineswegs. Meine Hände schwitzten. Ich nickte und rutschte vorsichtshalber auf meinem Stuhl nach unten. Wie ich es bei Frau Beckbaum tat, wenn sie jemanden ausfragen wollte. Nur dass ich diesmal der Verdächtige in einem Kriminalfall war. Oder warum sonst guckte der Bär auf einmal so streng?

»Du brauchst dich nicht zu verstecken. Sag uns einfach die Wahrheit.«

Jetzt wurde ich wütend. Warum glaubten eigentlich alle, ich würde lügen?

»Ich war gar nicht daheim, als er geklingelt hat!«

»Du hast nicht mit ihm gesprochen?«, fragte der Kleine.

»Nein, er hat zu meinem Bruder gesagt, dass es wichtig ist. Aber er hat nicht gesagt, warum.«

»Das ist äußerst seltsam«, sagte der Bär. »Kannst du dir vorstellen, was er von dir wollte?«

Ich schüttelte den Kopf. Das hätte ich schließlich liebend gerne selbst gewusst.

»Du bist unser letzter Anhaltspunkt. Bei dir endet seine Spur. Danach hat ihn niemand mehr gesehen.« Der Kleine starrte auf meine Stirn, als würde er dort Amins Spur suchen. »Nun, das macht dich zu einer großen Unbekannten in dieser Gleichung. Aber keine Sorge, wir werden der Spur folgen. Wir finden alles heraus. Alles.«

Aus seinem Mund klang das wie eine Drohung. Mir wurde heiß und kalt zugleich.

»Komm, wir gehen zurück ins Klassenzimmer«, sagte der Bär und stand auf.

Als ich in die Klasse kam, war es still. Ich klemmte den Lolli fest zwischen meine Zähne und ging mit starrem Blick und hölzernen Beinen zurück zu meinem Platz. Tobi, Ali und Tom zischten mir zu und machten Zeichen. Aber ich sah sie nicht an. Als *große Unbekannte* fühlte ich mich gar nicht mehr wohl in meiner Haut. Die Polizisten bedankten sich und eilten davon. Dann gongte es, die Stunde war zu Ende. Ali, Tom und Tobi ließen alles stehen und liegen und drängelten sich um mich.

»Was hast du den Polizisten erzählt?«, wollten sie wissen.

Ich umklammerte den Lolli und stammelte etwas Unverständliches.

Plötzlich rief Tobi: »Echt jetzt, du hast dich nur wegen dem Lutscher gemeldet?! Voll krass, Johnny!« Er klopfte mir auf die Schulter. Tom grinste. Und Ali glotzte mich mit offenem Mund an. Ich sah noch die Reste eines Bonbons darin.

»Äh … ich …«, setzte ich an, um ihnen die Wahrheit zu beichten.

Doch ein Kribbeln im Nacken hielt mich davon ab. Ich drehte mich um und blickte direkt in Matteos feindseliges Gesicht. Es war so was von offensichtlich: Es ärgerte ihn, dass die anderen mich feierten. Er platzte vor Neid! Wie durch ein Wunder ging es mir besser. Wen interessierte schon die Wahrheit? Spöttisch grinste ich ihn an und leckte genüsslich an meinem Lolli. Ich ahnte nicht, dass Matteo in diesem Moment einen teuflischen Plan ausheckte.

# Herzklappen-Pingpong

Nach der letzten Stunde stürmten wir in die Gänge. Aus den Augenwinkeln sah ich Frau Beckbaum, die jemandem die Hand schüttelte. »Guten Tag, Frau Ohrner. Sie kommen wegen Amin, richtig?«, fragte sie. Die Frau nickte.

Das musste Amins Mutter sein!

Widerwillig ließ ich mich von der Schülermeute durch das Treppenhaus nach unten drängen. Mein Kopf war ein Karussell. Was wollte Amins Mutter hier? Wusste *sie* vielleicht, warum er bei mir geklingelt hatte? Wieder spukte die Drohung des kleinen Polizisten in meinem Kopf.

»Äh, ich muss noch mal hoch«, sagte ich.

»Soll ich auf dich warten?«, fragte Tobi.

»Nee, das dauert. Ich habe meine Handschuhe verloren«, rief ich ihm zu und umklammerte mit meinen Fingern die Handschuhe, die in meiner Jackentasche steckten.

In Windeseile flitzte ich die Treppe wieder hoch. Die Klassenzimmertür war angelehnt. Mein Atem ging schnell wie eine Luftpumpe. Heimlich zog ich die Tür ein Stück auf und lugte hinein. Frau Beckbaum saß mit Frau Ohrner an Amins Schulbank. Sie langte in das untere Fach und zog ein paar Hefte, Blöcke, ein graues Notizbuch und ein paar Fußballschuhe heraus.

»Hier sind seine Fußballschuhe?«, fragte Frau Ohrner verwundert. »Amin sagte, jemand hätte sie ihm gestohlen.«

»Jemand aus der Klasse?«, fragte Frau Beckbaum erschrocken.

»Ja. Er meinte zu wissen, wer, aber er wollte es mir nicht sagen. Sie waren plötzlich weg, und er konnte nicht mitspielen.«

Frau Ohrner nahm die Sachen, als ihr Blick auf das Notizbuch fiel. Sie zeigte auf den Umschlag. »Schon wieder dieses Muster. Er hat es überall hingemalt. In seine Hefte, in seine Bücher. Sogar auf Klopapier. Aus irgendeinem Grund schien es ihm wichtig. Wissen Sie, was das ist?«

»Nein, ich sehe das zum ersten Mal«, antwortete Frau Beckbaum. Dann sagte sie nachdenklich: »Amin ist ein guter Schüler. Nicht viele dieser Kinder lernen so schnell wie er. Und er hat wirklich Talent zum Zeichnen.«

*Dieser Kinder?* Was meinte sie damit? Was war an Amin so besonders? Es musste etwas sein, dass jemand ihn deshalb sogar entführt hatte.

Mitfühlend legte Frau Beckbaum ihre Hand auf Frau Ohrners Arm. »Wenn ich sonst irgendwie helfen kann …? Hat die Polizei denn schon einen Hinweis?«

Frau Ohrner schüttelte den Kopf. »Es ist eine Suchmeldung rausgegangen. Aber sie haben noch keine Spur.« Sie stand auf. »Entschuldigen Sie, dass ich Ihre Zeit beansprucht habe. Ich versuche nur zu verstehen, was in ihm vorgeht. Er ist immer sehr verschlossen. Wenn ich nur wüsste, dass es ihm gut geht.« Sie wandte sich zur Tür.

Ich prallte zurück. Auf keinen Fall wollte ich, dass die beiden mich erwischten. Zu spät! Schon knallte die Tür gegen mich.

»Johnny, was machst du hier?«, fragte Frau Beckbaum streng.

»Ich? AlsoichhabemeineHandschuhevergessen«, nuschelte ich.

»Diese hier?« Frau Beckbaum zeigte auf einen nassen, verknitterten Handschuh, der neben meinem Schuh lag. Er musste mir herausgefallen sein.

»Ja, so was! Da ist er ja. Ohne Sie hätte ich noch Tage gesucht«, redete ich mich raus. Dabei fiel mein Blick auf das Buch, das Frau Ohrner noch in ihrer Hand hielt.

Mein Herz machte einen Sprung.

Dann hörte es auf zu schlagen.

Dann spielten meine Herzklappen Pingpong.

Auf den Umschlag war ein fünfzackiger Stern mit Kreisen auf jeder Spitze gemalt. Ich erkannte ihn sofort. Es war unser Geheimzeichen. Der Sheriffstern. Ich starrte darauf wie ein hypnotisiertes Kaninchen. Warum hatte Amin ihn auf den Umschlag gemalt?

Ich dachte an die Drohung des kleinen Polizisten. *Wir werden der Spur folgen. Wir finden alles heraus. Alles.* Er hielt mich wirklich für verdächtig. Das wurde mir jetzt vollkommen klar.

Frau Ohrner runzelte die Stirn. »Weißt du, was das ist?«

»Nein!«, sagte ich schnell.

»Nun, dann übergebe ich das Buch der Polizei. Vielleicht steht da etwas drin, das uns weiterbringt.«

Die beiden Frauen verabschiedeten sich. Benommen schaute ich ihnen nach. *Polizei.* Das Wort hallte in meinen Ohren. Frau Ohrner hatte die Treppe erreicht, als plötzlich etwas aus ihrem Arm rutschte und zu Boden fiel. Sie ging weiter, ohne es zu bemerken. Ich erkannte sofort, was es war: das Notizbuch.

In meinem Kopf wurde es schwarz. Ich dachte an den Sheriffstern auf dem Einband. Ich rannte los. Auf einmal hatte ich das dringende Bedürfnis, alle Beweise, die mich mit dem Fall in Verbindung brachten, zu vernichten. Doch vor allem wollte ich wissen, was so wichtig war, dass Amin es darin aufgeschrieben hatte. Schnell schnappte ich mir das Notizbuch und rannte davon.

# Der Klotz

Ich lief bis zur großen Kreuzung. An der Bushaltestelle setzte ich mich auf die Bank und betrachtete das Büchlein. Es war klein und grau und sah ziemlich abgegriffen aus. Ein Schloss hielt die Buchklappen zusammen. Es ließ sich nicht öffnen. Wie ein Tagebuch. So was kannte ich nur von Mädchen. Die schreiben da lauter Geheimnisse rein. Das hat Ali gesagt. Er weiß es von seiner Schwester. Ihre Bücher liest er immer, wenn sie nicht da ist.

Ich fragte mich, ob Amin wirklich ein so guter Fußballer war. Und warum hatte ihm jemand die Fußballschuhe geklaut und dann wieder unter seine Bank gestellt? Das machte keinen Sinn. Und warum hatte Amin das Tagebuch in der Schule versteckt? Was stand so Wichtiges drin, dass er es abschließen musste?

Auf einmal schlenderten Ruppi und Berk an mir vorbei. Ich schnappte nur ein paar Fetzen ihres Gesprächs auf. »… Polizei … Amin … Unbekannter.«

»Hey, Ruppi!«, rief ich ihnen hinterher. »Weißt du, was mit Amin ist? Ich meine, ihr habt doch denselben Schulweg.«

Ruppi sah mich an. »Na und?«

»Habt ihr nie gesprochen oder so? Oder warst du mal bei ihm daheim?«, bohrte ich weiter.

»Haben wir nicht. Der geht immer allein. Und da, wo der wohnt, geh ich nicht hin.«

»Warum nicht?«, rief ich ihm nach. Doch da war er schon zu weit weg.

Ich stand auf und wollte nach Hause gehen. Auf einmal sah ich Frau Ohrner vor mir. Sie ging in dieselbe Richtung, die ich auch nehmen musste. Vorsichtshalber ließ ich etwas Abstand zwischen uns. Nicht dass sie noch auf die Idee kam, mich anzusprechen. An der nächsten Kreuzung bog sie links ab. Ich musste nach rechts.

Frag mich nicht, warum. Ich folgte ihr. Dabei hatte ich das gar nicht vorgehabt! Aber erzähl das mal meinen Genen. Die machen, was sie wollen!

Frau Ohrner überquerte die Hauptstraße an der Ampel. Während ich ihr folgte, überkam mich ein mulmiges Gefühl. Meine *Sheriff*-Nase sagte mir, dass etwas faul war mit ihr.

Plötzlich huschte sie durch ein Eisentor. Auf einem Kiesplatz standen graue Container aus Blech. Die waren übereinandergestapelt zu einem riesigen Klotz mit Fenstern und Türen. Frau Ohrner verschwand darin. Auf dem Kiesplatz davor spielten Kinder.

Ein Mädchen stellte sich vor mich. Sie war etwas jünger als ich. Vor Kälte war sie überall rot. An den Ohren, an den Händen, im Gesicht. Sie trug keine Mütze, keine Handschuhe. Und an den Füßen diese komischen Schuhe, die wie kleine Boote aussehen. Ballerinas. Cora hat die auch immer an, aber im Sommer. Die kleinen Boote steckten tief im braunen Schneematsch. Das eine hatte ein Loch, wo ein nasser Wollstrumpf rausguckte.

»Wer bist du?«, fragte sie und wischte sich mit der Hand die Nase ab. Ein kleiner Junge stellte sich neugierig neben sie.

»Äh. Johnny.«

»Und was machst du hier?«

Gute Frage. Warum folgte ich Frau Ohrner? Wieder hatte ich das Gefühl, dass mir etwas Entscheidendes entgangen war.

»Die Frau Ohrner, ist die öfter da?«, fragte ich.

»Wer?«

»Frau Ohrner. Die Mama von Amin.«

Das Mädchen kicherte. Dann sagte sie zu dem Jungen etwas in einer fremden Sprache, das ich nicht verstand. Machten sie sich über mich lustig? Ich presste die Lippen aufeinander. In dem Moment sagte das Mädchen: »Die Frau Ohrner *arbeitet* hier. Und Amin, der *wohnt* hier. Aber der hat keine Mama.«

Wie? Ich blinzelte.

»Und einen Papa hat er auch nicht«, fügte der Junge hinzu.

Die Worte hingen in der Luft. Zuerst kapierte ich gar nichts. Dann sah ich mich genauer um. Und da klickte es. Der Klotz stand nicht nur blöd in der Gegend rum.

Da wohnten Leute drin. Leute wie das Mädchen. Und wie Amin. Mich überkam eine Ahnung.

»Ist das … Ich meine, wohnt ihr schon lange hier?«

»Seit über einem Jahr«, sagte das Mädchen.

»Und Amin?«

»Der auch.«

»Ihr seid Flüchtlinge, stimmt's?«, sagte ich.

Das Mädchen nickte. »Ja, aber jetzt wohnen wir hier. Wir können nicht zurück nach Hause. Es ist zu gefährlich, sagt Mama.«

Ich schluckte. Und plötzlich fiel es mir wie Schuppen von den Augen. Ohrner, das war nicht Amins Nachname. Er klang nur ähnlich. Er hieß Omar, nicht Ohrner.

»Soll ich dich zu Frau Ohrner bringen?«, fragte das Mädchen jetzt.

»Was? Nein! Ich muss wieder los!« Ich drehte mich um, aber das Mädchen hielt mich zurück.

»Warte! Amin hat nie Besuch bekommen. Er hätte sich bestimmt sehr gefreut. Wenn du willst, zeig ich dir sein Zimmer.«

»Ich weiß nicht.« Ich trat einen Schritt zurück. Aber das Mädchen fasste mich schon bei der Hand und zog mich in den Klotz.

Innen war es schummrig, weil es nur wenige Fenster gab. Der Boden war dreckig vom Schneematsch. Durch den Klotz zog sich ein langer Gang, von dem seitlich viele Zimmer abgingen. Viele Schuhe lagen davor verstreut. Manche Türen waren offen. Da gab es viele Betten drin. Vor einem Zimmer blieb das Mädchen stehen.

»Das ist Amins Zimmer. Willst du es sehen?« Sie öffnete die Tür und schob mich rein. In dem Zimmer standen zwei Betten. Viel mehr Platz gab es nicht. Auf einem lag jemand, mit dem Rücken zu mir.

»Wer ist das?«, flüsterte ich. Mann, war das peinlich, ich fühlte mich wie ein Eindringling.

»Das ist Amma, eine Verwandte. Sie soll eigentlich auf Amin aufpassen, aber sie hat die Wandstarre.«

Was? Fragend sah ich das Mädchen an.

»So eine Krankheit. Sie liegt immer nur im Bett und starrt die Wand an. Und sie sagt kein Wort. Ich glaube, sie weiß noch nicht mal, dass Amin weg ist.«

»Du meinst, Amin lebt hier ganz alleine?« Ich war tief beeindruckt. Und geschockt.

»Ja, er ist ein UMF. Das sagt Frau Ohrner immer. So heißen Kinder, die ohne Eltern nach Deutschland kommen. Ich bin kein UMF. Und da schläft Amin.«

Das Mädchen zeigte auf das zweite Bett. Darüber hingen an der Wand zahlreiche Bilder. Aber keine Poster wie bei mir. Amin hatte die Bilder selbst gemalt. Eine Frau, ein Mann, vier Kinder. Sie halten sich an den Händen und schauen auf eine endlos scheinende Straße, die im schwarzen Nebel verschwindet. Neben dem Bett stand ein schiefer kleiner Tisch, aus Kisten gebastelt, mit Heften und

Büchern. Sie waren ordentlich gestapelt. Und nach Farben sortiert.

»Die Polizei war hier. Sie kommen oft, wenn die Erwachsenen streiten. Ich hasse es, wenn sie kommen. Dann krieg ich immer Angst. Aber diesmal kamen sie wegen Amin. Weil er schon zwei Tage weg ist. Sie haben alles durchsucht. Aber der Polizist war nett. Er hat alles wieder so zurückgestellt, wie es war.«

»Und haben sie etwas gefunden?«, fragte ich.

Das Mädchen zuckte mit den Schultern. »Hier kann man eh nichts verstecken. Jeder kann reinkommen und es nehmen. Mir hat jemand meinen Stoffhund weggenommen. Und meinem Bruder die Schuhe.«

Auf einmal gab es einen riesigen Krach im Flur. Ich zuckte zusammen. Doch das Mädchen schien gar nicht beunruhigt. Sie steckte den Kopf durch die Tür hinaus: »Sie streiten wieder wegen den Töpfen. In der Küche gibt es immer Streit. Aber keine Sorge, Rashid wird schon für Ordnung sorgen.«

»Rashid?«

»Ja, niemand widerspricht Rashid. Wenn er sagt, man soll still sein, dann ist man still. So ist das. Komm mit!«, sagte das Mädchen und zog mich wieder auf den Flur. Ich sah mich um. Diesem Rashid wollte ich lieber nicht begegnen.

»Und hier wohnen wir. Mein Bruder, ich und Mama und Papa.« Das Mädchen betrat einen Raum mit vier Betten, einem Spiegel an der Wand und einem Tisch. Sonst nichts.

»Bald gewinnen wir Asyl, sagt Papa. Dann dürfen wir hier raus, und dann krieg ich mein eigenes Zimmer«, sagte sie stolz.

Ich wollte etwas sagen. Aber die Worte verknödelten sich in meinem Hals. Ihre ganze Wohnung war kleiner als das Zimmer, das ich nur für mich hatte. Es fühlte sich falsch an. Ich schluckte und senkte den Blick. Der nasse Strumpf glotzte noch immer aus dem Schuh. Er glotzte mich an. Und auf einmal musste ich ganz schnell hier raus. Ohne auf das Mädchen zu warten, rannte ich los. Erst als ich ihre Rufe hörte, blieb ich stehen.

»Warte! Wohin willst du?« Sie lief mir bis über den Kiesplatz nach. Vor dem Tor blieb sie plötzlich stehen, als sei dort eine unsichtbare Schranke. Eine, die sie unter keinen Umständen übertreten durfte.

»Lauf nicht weg! Ich kann nicht weiter raus.«

»Warum nicht?«, fragte ich.

»Ich will nicht verschwinden. Es verschwinden ständig Menschen von hier«, sagte sie und zeigte auf die Welt jenseits der Schwelle.

Ich sah sie an. Ich dachte an Amin. Er hatte die Schwelle übertreten. Was war mit ihm passiert?

# Rätselhafte Zahlen

Zu Hause öffnete ich leise die Wohnungstür und schlüpfte heimlich an Mama vorbei in mein Zimmer. Mama wurde immer wütend, wenn ich zu spät kam.

Mein Kopf schwirrte. Wer in der Schule wusste, dass Amin in dem Klotz lebte? Und noch dazu mit dieser unheimlichen Frau, die immer an die Wand starrte? War er deshalb so besonders? Und warum hatte er keine Eltern? Warum war er alleine?

Ich blickte mich in meinem Zimmer um. Ich guckte die Poster an der Wand an. Ronaldo, Messi, Musiala. Amin hatte keine Poster an der Wand. Er hatte seine eigenen Bilder gemalt. Ich fragte mich, wie es war, im Klotz zu leben. Er hatte noch nicht mal einen richtigen Schreibtisch. Nur eine Kiste, auf der die Bücher standen. Sortiert. Auf einmal kam mir mein Zimmer furchtbar unordentlich vor. Ich packte alles, was am Boden lag, zu einem Klumpen zusammen und schmiss es weit hinten in den Schrank. Dann zog ich das Tagebuch aus meinem Schulranzen. Ich rüttelte und zerrte an dem Riegel. Aber man brauchte einen Schlüssel, um es zu öffnen. Plötzlich riss Mama meine Tür auf: »Wann bist du denn gekommen?« Den verwirrten Ausdruck in ihrem Gesicht kannte ich. Den hatte sie immer, wenn sie irgendwo mit Staubwedel oder Staubsauger herumwurschtelte und nichts hörte und nichts sah.

»Vor einer Stunde …«, schwindelte ich und bedeckte heimlich das Büchlein mit meinem Arm.

Sie sah mich an. Es war ihr Siebter-Sinn-Blick. Aber ich hatte Glück. Der viele Staub vernebelte ihr noch immer die Sinne.

»Seltsam. Ich war doch vorhin in deinem Zimmer …«, sagte sie.

Ich setzte eine Unschuldsmiene auf.

»… hast du etwa aufgeräumt?« Verwundert sah sie sich um. »Man kann ja über den Boden laufen, ohne einen Balletttanz aufzuführen.«

»Kann schon sein. Hat mich genervt.«

»Du erstaunst mich. Von mir aus kannst du gerne öfter genervt sein. In fünf Minuten gibt es Essen.« Sie zwinkerte mir zu. Dann verschwand ihr Kopf aus der Tür. Plötzlich musste ich pfeifen. Keine Ahnung, warum. Ich pfiff nie. Aber ich fühlte mich gut.

Als ich das Tagebuch nahm, um es wegzustecken, sah ich es plötzlich: Zwischen den Seiten ragte ein Stück Papier hervor. Ich zog daran. Und tatsächlich, es war lose. Ich zog es heraus und hielt ein zusammengefaltetes Blatt in den Händen. Vorsichtig faltete ich es auf. Und starrte auf eine Reihe mit Zahlen.

Sie waren untereinandergeschrieben. Vor jede Zahl hatte Amin ein Datum gekritzelt.

Und ganz unten die Summe. Die 37. Sie war umrandet.

Was hatten die Zahlen zu bedeuten?

Und was hatten sie mit Amins Entführung zu tun?

# Mörderische Challenge

Am nächsten Tag, als ich in die Schule kam, war Amin immer noch verschwunden. Frau Beckbaum gab die eingesammelten Hefte zurück. Als sie nur noch Amins Heft in der Hand hielt, stockte sie.

»Weiß von euch jemand, wo Amin wohnt, und kann das Heft dort abgeben?«

In der Klasse war es still. Ein paar schüttelten die Köpfe. Ich schielte zu Ruppi. Er wusste, wo Amin wohnte. Aber er meldete sich nicht. Auch ich hielt die Klappe. Logisch. Ich wollte nicht der Einzige sein, der sich meldete, und schwieg.

Den Rest des Tages hatte ich alle Mühe, mich zu konzentrieren. Ich hatte ständig das Gefühl, dass Amin in meinem Kopf hockte und mich absichtlich vom Unterricht ablenkte. Einmal ertappte ich mich sogar dabei, wie ich mit diesem Kopf-Amin sprach. Die ganze Nacht lang hatte ich gegrübelt über die Zahlen auf dem Zettel. Was hatten sie zu bedeuten? Und wo hatte Amin den Schlüssel zum Tagebuch versteckt? Plötzlich, mitten in der Mathestunde, musste ich an das Mädchen mit den Ballerinas denken. Und an das, was sie gesagt hatte: *Hier kann man eh nichts verstecken. Weil jeder reinkommen kann und es nehmen.* Hatte Amin deshalb das Buch unter der Schulbank versteckt? Weil es dort sicher war? Ich strengte meine *Sheriff*-Gehirnzellen an. Es gab nur eine Schlussfolgerung: Wenn Amin glaubte, dass die Schule ein sicherer Ort für Geheimnisse war – dann musste der Schlüssel irgendwo in der Schule sein.

Nach der letzten Stunde machte ich mich auf die Suche. Aber der Schlüssel war nicht in der Garderobe. Und unter seiner Schulbank auch nicht.

»Seht mal, wer hier unterm Tisch rumkriecht«, hörte ich plötzlich Matteos Stimme hinter mir. »Was suchst du? Deine verlorene Ehre?«

Ich richtete mich auf. Er stand mit verschränkten Armen vor mir. Wie immer waren Lars und Freddy an seiner Seite. Seine Wachhunde. Ich nannte sie insgeheim King und Kong.

»Immerhin habe ich eine. Im Gegensatz zu dir.«

Matteo schnaubte. Dann sah er sich um: »Das ist doch der Platz von Amin-Loser. Sammelst du jetzt seinen Müll auf, oder was?«

»Hä? Wieso?« Ich sah auf den Boden. Unter Amins Bank lag nicht mehr Müll als unter allen Bänken.

»Was geht dich das an?«, fragte ich.

»Das geht mich sehr wohl was an. Amin und die anderen Asylanten kommen doch nur nach Deutschland, weil sie hier Geld bekommen. Die erfinden den Krieg nur. Und leben auf unsere Kosten«, sagte Matteo.

*Asylanten?* Meinte er damit Geflüchtete? Ich verbarg meine Überraschung. Matteo wusste also auch, dass Amin im Klotz wohnte. Damit waren wir schon drei. Trotzdem hatte er sich nicht gemeldet, als Frau Beckbaum danach gefragt hatte.

»Und woher willst du das wissen?«, konterte ich. Allmählich gingen mir Matteos Sprüche auf den Senkel.

»Mein Vater sagt das. Außerdem weiß das doch jeder. Nur du Blödmann nicht!« Matteo bohrte seinen Finger in meine Brust. »Ich weiß genau, dass du das warst mit der Tafel«, fauchte er. »Du hältst dich wohl für besonders cool. Aber das wirst du noch büßen.«

»He, Johnny, wo bleibst du …?« Tobi, Ali und Tom steckten ihre Köpfe zur Tür herein, verstummten aber, als sie Matteo erblickten. Sie schauten zwischen uns hin und her.

»Sucht ihr euren Anführer? Hier, der klaubt Müll auf. Von Asylanten. Im Gegensatz zu Johnny haben die sogar Handys.« Er lachte.

Klar, er wollte mich nur provozieren. Aber in diesem Moment hasste ich meine Eltern. »Was kann ich dafür, dass mein altes Schrott ist? Außerdem ist Zocken eh langweilig!«, wehrte ich mich.

»Ja, auf so 'nem billigen Handy vielleicht. Aber nicht auf dem Gaming-PC, den ich zu Weihnachten kriege. Damit zocken die Pros. Stimmt's, Tobi?« Er schaute zu Tobi hinüber. »Wenn du willst, können wir in den Ferien mal zusammen spielen. Und Johnny soll weiter seinen Kinderkram machen.«

Überrascht schaute Tobi Matteo an. Dann huschte sein Blick zu mir.

Ich atmete tief ein. Ein zorniges Brennen durchfuhr meine Brust. Ich durchschaute Matteos Plan. Er wollte sich zwischen mich und Tobi drängen. Aber das konnte er vergessen!

»Dann lass uns ein Battle machen!«, konterte ich. Die Worte waren heraus, ehe ich darüber nachdenken konnte.

Auch Matteo guckte verblüfft.

»Aber nicht fake. Sondern in echt«, setzte ich noch eins drauf.

»Du willst eine echte Challenge? Und was?«

Ich zuckte mit den Schultern. Mir fiel nichts Schlaues ein. »Wir kicken. Wer verliert, macht Tafeldienst.«

»Hä? So was Bescheuertes. Ich weiß was Besseres«, sagte Matteo. Ein Grinsen stahl sich auf sein Gesicht. Ich ahnte Böses. Wenn Matteo seine Gehirnzellen anstrengte, konnte nur Matteo-Schrott dabei rauskommen.

»Wenn du die Challenge verlierst, werde ich der Anführer der *Sheriffs*. Und du bist raus«, verkündete er.

Wie bitte? Jetzt klappte mir die Kinnlade herunter. Hilfe suchend sah ich Ali, Tom und Tobi an, die immer noch in der Tür standen. Aber die drei waren in Schockstarre festgefroren.

»Vergiss es! Du hast verloren, bevor du den Mund aufmachen kannst!« Wieder blieb mir nichts anderes übrig, als es alleine zu regeln.

»Klar, immer 'ne große Klappe. Aber wenn's ernst wird, dann bist du der Erste, der den Schwanz einzieht«, sagte Matteo.

Das war so was von gelogen. Und Matteo wusste das. Ich war kein Feigling!

»Und was schlägst du Superhirn vor?«, fragte ich. Was auch immer er sagen würde, ich würde der Aufgabe gewachsen sein!

»Okay, hör zu: Wenn du wirklich so cool bist, dann finde Amins Entführer!«

Ali, Tom und Tobi schnappten gleichzeitig nach Luft. Die wurde deshalb ganz dünn um mich herum. Ich hatte mit allem gerechnet, aber nicht damit.

Ich zögerte. Diese Challenge war mörderisch. Selbst für jemanden wie mich.

»Wusste ich's doch. Du bist zu feige!«, sagte Matteo. Er sah Tobi grinsend an. »Siehst du.«

Meine Gedanken überschlugen sich. Wenn ich jetzt kniff, würde er mich mein Leben lang verspotten. Und Tobi in den Ferien mit diesem Großkotz zocken.

»Bin ich nicht«, knirschte ich. »Ich mach's!«

Triumphierend hielt Matteo mir die Hand hin. Meine Finger fühlten sich an wie Glibberwürmer, als ich einschlug. Ich ahnte, dass ich mir eben mein eigenes Grab geschaufelt hatte.

# Duell am Kiosk

Daheim machte ich meiner miesen Laune Luft. Da kam mir Niko gerade recht. Beim Mittagessen plapperte er mir alles nach. Und er erzählte mir, was er alles auf seinen Wunschzettel schreiben wollte. Dabei kann er gar nicht schreiben. Aus Rache trat ich absichtlich auf sein Lego-Auto und schmiss seinen Zahnputzbecher ins Klo. Geschah ihm ganz recht. Was musste er mit seiner dummen Stupsnase und seinen braunen Locken auch immer so gucken?

Ich ärgerte mich tierisch. Warum hatte ich Matteo nicht auch vor eine Challenge gestellt? Gegen mich hätte er hundertpro verloren. Ein böser Geist musste mir in dem Moment ins Hirn gepupst haben. Anders konnte ich mir das nicht erklären.

Er wollte, dass ich Amins Entführer fand? Das konnte er haben. Ich verkroch mich in meinem Zimmer, riss ein Blatt aus meinem Matheheft und überlegte, was ich über Amin wusste. Dann schrieb ich auf:

- Amin ist ein UMF (Flüchtling)
- Amin hat keine Freunde
- Amin hat keine Eltern, nur Amma, aber die starrt die Wand an

- Jemand hat Amins Fußballschuhe geklaut
- Amin ist keine Petze, obwohl er weiß, wer es war
- Amin hat auf das Büchlein den Sheriffstern gemalt
- Amin hat Zahlen aufgelistet, und die 37 war ihm wichtig
- Amin hat vielleicht ein Handy geklaut. Aber vielleicht auch nicht

Viel war das nicht. So ließ sich die Challenge bestimmt nicht gewinnen. Müde sank ich ins Bett. Ich musste mir etwas einfallen lassen.

Am nächsten Morgen musste ich früh aus den Federn. Es war Freitag. Tag der Strafe. Ich durfte auf keinen Fall zu spät zum Kiosk kommen. Wenn Knasti-Bodler die schweren Jungs im Gefängnis zusammenstauchte, was würde sie dann erst mit mir anstellen? Mama und Papa erzählte ich, dass wir für einen Feueralarm proben müssen. Sie waren sowieso schon mies auf mich zu sprechen, wegen dem Diebstahl, der gar keiner war.

Ich klingelte noch schnell bei Tobi, um ihm zu sagen, dass er später an der Kreuzung nicht auf mich warten sollte.

»Viel Glück«, sagte er. Er war noch im Pyjama. Mitleidig sah er mir nach. Gleich tat ich mir selbst furchtbar leid. Ich seufzte. Mit gesenkten Schultern trat ich den Weg in die Arena an.

Die Schule war noch leer. Aber Knasti-Bodler wartete schon auf mich. Sie hatte ihre Haare unter einem Kopftuch versteckt und knallte mir einen Besen hin.

»Feg die Krümel auf!«, befahl sie. Ihre Stimme klang wie Stahl.

Ich wollte protestieren. Fegen war ja wohl total bescheuert. Aber dann sah ich in ihre kalten Knastaugen, und die Worte blieben in meiner Kehle stecken. Also fegte ich. Währenddessen halbierte sie Brötchen mit einem Fleischermesser. Aber ich wusste: Heimlich beobachtete sie jede meiner Bewegungen. Ich konnte ihren eisernen Blick auf mir spüren.

Irgendwann schmerzte mein Arm. Ich machte eine Pause.

»Pennen kannst du im Unterricht. Bei mir wird gearbeitet! Oder willst du morgen noch mal kommen?«, schimpfte sie.

Bloß nicht! Schnell fegte ich weiter. Dabei kam es mir vor, als würden immer neue Krümel aus dem Boden sprießen. Ich musste in einer Zeitschleife gefangen sein! Immer wenn ich dachte, ich sei fertig, stellte sie sich breitbeinig hin, fuchtelte mit der Machete herum und zeigte auf noch eine krümelige Stelle.

»Kann ich jetzt gehen?«, fragte ich, als der Boden popoblank war und sie selbst mit der Lupe nichts gefunden hätte. Ich war fix und fertig. Fegen war Knochenarbeit! Inzwischen standen schon ein paar Schüler Schlange und kauften ihr Frühstück. Auch Matteo. King und Kong standen neben ihm. Ich fragte mich, ob sie auch mit ihm aufs Klo gingen, wenn er mal musste. Als Matteo an der Reihe war, grinste er mich hämisch an.

»Bist du jetzt die Putze hier? Wo du bald kein *Sheriff* mehr bist?«

Er hob einen Ärmel hoch. Fast purzelte ich hintenüber. Ein Sheriffstern war mit Kuli auf seinen Unterarm gekritzelt.

Vor Wut feuerte ich den Besen in eine Ecke. Wegen ihm log Tobi mich an. Wegen ihm stand meine Ehre bei den *Sheriffs* auf dem Spiel. Und wegen ihm war die Welt voller Krümel.

Ich musste meiner Wut Luft machen. Zu Knasti-Bodlers Verwunderung drängte ich mich an ihr vorbei.

»Ich übernehme!«, murmelte ich.

»Die Schnitzelsemmel«, sagte Matteo.

»Die da?« Ich zeigte mit dem Finger drauf und tat, als überlegte ich. »Tut mir leid, die ist reserviert.«

»Hä?«, grunzte Matteo. »Seit wann das denn?«

»Das ist die letzte. Und die ist für Amin. Falls er zurückkommt.«

Jetzt horchte auch Knasti-Bodler auf. Sie hörte auf, Sandwiches zu erdolchen.

»Dann eben die.« Matteo zeigte auf eine Salamisemmel.

»Die ist auch schon weg«, sagte ich.

Matteo kniff die Augen zusammen. »Dann gib einen Kakao, du Loser!«

»Schon vergeben, sorry.«

In diesem Moment kapierte Matteo, dass es aussichtslos war und er irgendwann als verhungertes Skelett dastehen würde. »Das bereust du noch, du …!«, rief er und stapfte davon. King und Kong folgten ihm.

Und ich fühlte mich etwas besser.

»Entweder du bist besonders dumm oder besonders mutig«, sagte Knasti-Bodler.

»Hä?«, fragte ich besonders wortgewandt.

»Oder beides. Mutig, weil dieser Junge einen Kopf größer ist als du. Und dumm, weil du mir jetzt zwei Euro zwanzig schuldest«, sagte sie.

»Wieso das denn?«, rief ich.

»Für den entgangenen Gewinn natürlich!«, blaffte sie.

»Aber … Ich … Er hat …«

»Schulden sind Schulden. Dein Krieg mit diesem Halbstarken interessiert mich nicht.«

Ich ließ die Schultern hängen. Ich hatte den ganzen Morgen geschuftet, um meine Schulden loszuwerden, und nun hatte ich noch mehr an der Backe. Ich verfluchte Amin.

Knasti-Bodler rückte ihr Putztuch auf dem Kopf zurecht. »Andererseits, da du mir das Geld ohnehin schuldest, kannst du das Sandwich auch essen.«

Echt? Das ließ ich mir nicht zweimal sagen. Mein Magen war eine Baugrube. Ich hatte den Frühstückstisch fluchtartig verlassen, als Mama vorschlug, sich mit Niko die Feueralarmübung anzusehen. Beherzt biss ich hinein. Dabei hätte ich misstrauisch werden müssen. Ich bemerkte zu spät, dass Knasti-Bodler meinen gesunden Verstand mit einer Schnitzelsemmel vergiften wollte.

»Du schuldest mir Geld. Und ich brauche eine Aushilfe«, sagte sie auf einmal. »Wieso kommst du nicht jeden Freitag? Dann wäre uns beiden geholfen.«

Aha. Ich kniff die Augen zusammen. Das war der Casus knacksus. Sie wollte mich versklaven.

»Ich habe deinem Vorgänger drei Euro fürs Brötchenschmieren gezahlt. Manchmal auch etwas mehr, wenn es länger gedauert hat. Er war jeden Montag da.«

»Na super, dann soll er doch einfach wiederkommen«, sagte ich. Ich dachte gar nicht daran, ihr Leibeigener zu werden.

»Das geht nicht. Schließlich ist Amin verschwunden.«

Jetzt blieb mir der Bissen im Hals stecken.

»Amin hat hier gearbeitet?«

»Das sage ich doch! Er hat für irgendwas gespart. Muss wichtig gewesen sein.«

Ich hörte auf zu kauen. Jetzt war ich richtig hellhörig. »Für was denn?«

»Schau ich so aus, als würde ich meine Nase in fremde Angelegenheiten stecken?«

Ich schwieg. Ihre Nase war schon verdächtig groß.

Sie schnaubte. »Meiner Meinung nach hat ein Junge, der sich die ganze Pause auf der Toilette versteckt, eine Menge Probleme.«

»Wie ›auf der Toilette‹? Und was für Probleme?«

»Die Fragen gehen dir wohl nie aus, was? Dort drüben.« Sie zeigte auf die Tür, die zu den Klos im Erdgeschoss führte. »Da saß er jeden Tag. Die ganze Pause.«

Ich wollte noch weitere Fragen stellen, da blaffte sie: »Und jetzt Schluss mit dem Geplapper! Das hier ist ein Kiosk und kein Kaffeekränzchen.«

Sie drehte sich um und spießte mit einem Messer einen Leberkäse auf.

So viel war klar: Weitere Fragen nur auf eigene Lebensgefahr! Und ich hing an meinem Leben. Widerwillig schulterte ich meinen Schulranzen.

»Und vergiss nicht: Freitag!«, brüllte sie mir hinterher.

»Mal sehen«, murmelte ich und schaute in Richtung Klo. Plötzlich hatte ich eine Idee. Knasti-Bodler hatte mir einen entscheidenden Hinweis gegeben. Und dem musste ich auf den Grund gehen.

## Wer ist Maskboy?

Schnell flitzte ich zu den Toiletten. Es gab vier davon, und es stank fürchterlich. Jemand hatte die Wände mit Kuli beschmiert, und zwei der Türen ließen sich kaum schließen. Seit der Hausmeister gekündigt hatte, wurde nichts mehr repariert. Die Schule war ein trostloser, kaputter Haufen Sperrmüll. Nicht mal einen Adventskranz hatten wir, dabei war schon bald Weihnachten!

Ich steckte meinen Kopf in jede Klozelle und überlegte, auf welchem Klo Amin sich die ganze Zeit versteckt haben mochte. Die Entscheidung war schnell getroffen. Es musste das mit dem Fenster sein. Dort stank es am wenigsten. Eilig sperrte ich die Tür zu, setzte mich auf den Klodeckel und sah mich um. Warum hatte Amin jede Pause in diesem stinkigen Loch verbracht?

Ich holte den Zettel mit den seltsamen Zahlen aus meinem Schulranzen. Vor jeder Zahl stand ein Datum. Ich rechnete zurück. Doch dann gongte es, und ich musste von vorne beginnen. Mist, der Unterricht fing gleich an! Hast du schon mal unter Stress gerechnet? Da verzählt man sich dauernd. Aber dann hatte ich es. Und meine Vermutung bestätigte sich: Das Datum vor jeder Zahl war ein Montag. Volltreffer! Montag war der Tag, an dem Amin bei Knasti-

Bodler gearbeitet hatte. Und die Zahl dahinter war das Geld, das er verdient hatte. Er musste es dringend gebraucht haben. Warum sonst sollte sich jemand freiwillig von ihr versklaven lassen?

»Unterschätze nie einen *Sheriff*«, rief ich Amin zu, der sich in meinem Kopf eingenistet hatte. Jetzt blieb die entscheidende Frage offen: »Worauf hast du gespart?«, fragte ich ihn. Aber ich bekam keine Antwort. Es musste etwas sein, das 37 Euro kostete. Ratlos sah ich mich im Klo um. Konnte es sein, dass Amin hier auf dem Klo in das Büchlein geschrieben hatte? Und falls ja, hatte er auch den Schlüssel hier versteckt?

Aber außer einem klapprigen Mülleimer, einem Klopapierhalter und einer Klobürste gab es hier nichts. Ich tastete den Klopapierhalter ab. Fehlanzeige. Dann nahm ich die Klobürste, stellte sie aber gleich wieder zurück, weil zwischen den Borsten eklige braune Klumpen klebten. Dann nahm ich den Mülleimer und drehte ihn um. Mein Herz machte einen Sprung. Da klebte ein Schlüssel an der Unterseite.

Ich rupfte den Schlüssel ab und holte das Tagebuch aus dem Schulranzen. Er passte! Gespannt hielt ich den Atem an und löste mit einem Klick die Schnalle. Dann klappte ich das Buch auf. Das Erste, das ich sah, war eine Zeichnung. Aber nicht so ein hilfloses Gekritzel wie von Niko oder mir. Sondern eher so was wie von richtigen Profis.

*Never ever* hatte Amin das gemalt. Oder doch? Ich betrachtete das Gesicht des Jungen, der den Ball lässig auf

Kampf der Giganten.

dem Finger balancierte. Aber ich konnte es nicht erkennen. Wegen der Maske. Es war so eine, wie Schurken sie tragen. Oder Helden. MASKBOY – schoss es mir in den Kopf. Ihm gegenüber standen zwei Kerle, die verdächtig nach King und Kong aussahen. Und mittendrin noch ein Junge. Er war halb Gockel, halb Mensch. Matteo.

Mir blieb die Spucke weg. Alter! Dann hatte Amin das Bild auf das Whiteboard gemalt! Wie krass war das denn? Ich konnte nicht umhin, ihn zu bewundern. Doch warum? Es musste an dem Tag gewesen sein, als er verschwunden war. Ich blätterte weiter. In dem Buch war ein wirres Durcheinander an Zeichnungen und Texten. Manchmal hatte Amin etwas gemalt, dann wieder etwas geschrieben. Mal auf Deutsch. Mal in einer seltsamen Schrift. Sie bestand aus lauter Kringeln und Schnörkeln. Vielleicht war es so was wie Arabisch? Jedenfalls sah es so aus, als sei es geheim und besonders wichtig.

دلتنگتان هستم. پروردگار مهربان! کاری کن که حال‌شان
خوب باشد!

Ich blätterte um.

Schon wieder Maskboy! Mein Hirn arbeitete fieberhaft. Wer war er? Jemand, der es mit Matteo und King und Kong aufnehmen konnte.

Ein Superheld.

Ich blätterte weiter.

Schule ist schön. Die Lehrer sind nett. Aber ich habe kein Freunde wie daheim. Vielleicht weil mein Deutsch noch nicht so gut ist. Oder weil ich in Flüchtlingsheim wohne. Ich übe jeden Tag. Ich will gut in die Schule sein.

Ich werde ihnen zeigen, wie gut ich Fußball kann. Dann sie lassen mich bestimmt mitspielen.

Es gongte erneut. Schnell klappte ich das Buch zu und steckte den Schlüssel in meine Hosentasche. Was hatte die geheime Schrift zu bedeuten? Wer war Maskboy? Und was hatte er mit Matteo zu schaffen? Mit pochendem Herzen lief ich ins Klassenzimmer.

# Milch mit Honig

Ich öffnete leise die Türe. Frau Beckbaum stand mit dem Rücken zur Klasse und schrieb etwas auf die Tafel. Zu meinem Bedauern war Matteo-Gockel weggewischt worden. Jetzt standen da irgendwelche komplizierten Sätze. Schnell schob ich mich ins Klassenzimmer und setzte mich auf meinen Platz. Keine Sekunde zu früh. Frau Beckbaum drehte sich um. Als sie mich sah, musterte sie mich mit Schlitzaugen.

Ich lächelte sie an. Blöderweise interpretierte sie meine Aufmerksamkeit falsch und nahm mich dran.

»Johnny, wo ist das Substantiv in diesem Satz?«

Die anderen Jungs boxten sich mit einem Grinsen gegenseitig in die Seite. Verflixt, was war gleich noch mal das Substantiv? Hilfe suchend schaute ich zu Tobi rüber. Aber der zuckte nur mit den Schultern. Auf die andere Seite musste ich nicht gucken. Da saß nur Winni. Der war ein richtiger Streber. Winni wusste nämlich alles. Anstatt es mir zuzuflüstern, schnellte seine Hand nach oben. Er konnte es kaum abwarten, Frau Beckbaum zu sagen, wo das blöde Substantiv war. Also musste ich raten: »Gehen?«

Ein paar Mädchen aus den vorderen Reihen kicherten. Ist dir schon mal aufgefallen, dass Mädchen immer vorne sitzen?

»Nein, Johnny. ›Gehen‹ ist das Verb«, beschwerte sich Frau Beckbaum.

Alle sahen mich an. Johnny, den *Sheriff*, der nicht wusste, was ein Substantiv war.

Flucht nach vorne – das war meine einzige Rettung.

»Ich glaube, das Substantiv ist zwischen dem ersten und dem letzten Wort.« Alle lachten. Ich plusterte mich auf. Nur Frau Beckbaum schüttelte verärgert den Kopf.

»Nun, Johnny, wenn du so klug bist, dann macht es dir bestimmt nichts aus, zu Hause die ersten fünf Sätze von diesem Abschnitt zu zerlegen.«

Ich zuckte mit den Schultern. Immer cool bleiben. Aber innerlich knirschten meine Eingeweide. Schon wieder eine Strafarbeit. Verflixte Gene! Warum mussten die auch so verbuggt sein? Während die anderen Fußball spielten, musste ich daheimsitzen und nacharbeiten.

Amins Worte kamen mir in den Sinn: *Schule ist schön.*

Ja klar! Für Amin vielleicht. Er musste sich auch nicht mit Strafarbeiten rumschlagen. Oder mit Matteo. Und meine Freunde nutzten mir auch nichts. Zum Spielen hatte ich sowieso keine Zeit. Wegen dem Nachsitzen.

»Was beschwerst du dich also?«, rief ich in Gedanken Kopf-Amin zu. Aber er antwortete nicht.

Nach der Schule wollte Niko mit mir spielen. Und weil ich die Wahl hatte zwischen ihm und der Strafarbeit, wählte ich Niko. Also saß ich den ganzen Nachmittag in seinem

Kinderzimmer und ballerte mit Tintenpatronenkugeln auf Playmobil-Soldaten. Wir befreiten Österreich von bösen Männern und flogen mit einem Raumschiff auf den Mond. Nach einer Stunde hatte ich genug.

Ich stand auf und schon schrie Niko. Er wollte weiterspielen. Aber ich hatte Besseres zu tun. Ich wollte in Amins Tagebuch lesen. Niko watschelte mir nach. Sein Zimmer lag direkt neben meinem. Jetzt fängt das wieder an, dachte ich. Niko machte es nämlich unheimlich Spaß, bei mir auf dem Bett zu sitzen und bei allem, was ich tat, zuzuschauen. Beim Lesen, beim Hausaufgabenmachen, beim Zocken, beim Musikhören. Echt nervig.

»Wehe, du gehst in mein Zimmer. Dann gibt's Batschekikus«, drohte ich ihm. *Batschekikus* war eines meiner Lieblingswörter. Niko hatte furchtbar Angst vor Batschekikus, obwohl er gar nicht so genau wusste, was es ist. Nicht mal ich selbst wusste das so genau. Aber Niko konnte richtig gerissen sein. Das hatte er von mir. Er watschelte mir nach, stellte sich vor meine Zimmertür und schaute mir von dort zu.

»Hau ab, du nervst!«, schimpfte ich. Ich schmetterte die Tür vor seiner Nase zu. Mürrisch packte ich meine Hefte aus dem Rucksack und knallte sie auf meinen vollgestopften Schreibtisch. Das Deutschbuch öffnete sich wie von selbst an der richtigen Seite. Mein Füller lag nämlich drin. Mitten in einem großen Tintenklecks. So ein Mist. Die Strafarbeit, die hatte ich vergessen. Das Tagebuch musste warten. Mit meinem Ärmel rubbelte ich an der Stelle und versuchte, die Seite zu retten. Aber die Tinte war schon trocken. Ich blickte auf die Sätze, die ich zerlegen sollte. Widerwillig machte ich mich an die Arbeit.

Irgendwann fiel mir ein, dass ich aufs Klo musste. Als ich die Tür von meinem Zimmer aufmachte, stand Niko immer noch da, mitten im Flur, und guckte mich stur an. Mann, ging der mir auf den Keks! Ich verkniff mir mein Bedürfnis und schmetterte die Tür wieder zu. Jetzt konnte er stehen bleiben, bis er grün wurde.

Draußen war es schon dunkel, als ich endlich fertig war. Ich hatte Hunger und wollte mir einen Joghurt aus dem Kühlschrank holen. Als ich die Tür aufriss, lag Niko auf dem Fußboden vor meiner Tür und schlief. Ich stieg über ihn drüber.

So lag er, bis Mama und Papa nach Hause kamen.

»Wieso lässt du Niko auf den kalten Fliesen schlafen?«, fragte Papa vorwurfsvoll. »Was ist, wenn er sich erkältet?«

»Na und? Dann kriegt der Rotzlöffel eben eine Rotznase«, antwortete ich wütend. Das Tamtam um Niko ging mir so was von auf die Nerven. Um mich machten sie sich nie so viele Sorgen.

Ich packte meine Trainingstasche und sah auf die Uhr. Fußball war erst in zwei Stunden. Ich schnappte mir Amins Tagebuch und schlug es wahllos irgendwo auf. Manchmal stand nur ein Satz mitten auf einer Seite. Manchmal viele. Manchmal hatte er Bilder dazu gemalt oder Schnörkel.

Ich überblätterte ein paar Stellen, die in der Geheimschrift standen. Dann fand ich eine Stelle auf Deutsch.

Ich habe heute Ferni gekocht. Alle wollten vom mein Milchreis probieren. Daheim gab es immer Ferni bei Yassin. Einmal haben wir den von sein Bruder gegessen. Dann war er wütend, und wir sind schnell weggerannt.

Ich grinste. Nikos Nachspeise hatte ich auch schon oft genug heimlich weggefuttert. Ich blätterte weiter.

Ich bin froh, dass es Schule gibt. Ich sitze immer alleine. Vielleicht nächstes Jahr jemand setzt sich neben mich. Wenn ich dann noch da bin.

Allah, mach, dass es Adil, Dalir und Fasila gut geht. Und Madar und Padar auch. Ich mache mich Sorge um sie.

*Wenn ich dann noch da bin.*

Ich stutzte. Hatte Amin geahnt, dass ihn jemand entführen würde? Und wer waren Allah, Adil, Dalir und so? Warum hatte er sich Sorgen um die gemacht? Hatte er Angst, dass auch ihnen etwas zustoßen könnte?

»Wer sind diese Leute?«, fragte ich Kopf-Amin. Wieder blieb er stumm. Doch ich fand die Antwort auf der nächsten Seite.

Es waren dieselben Menschen, die auf den Zeichnungen über seinem Bett hingen. Warum sahen sie so ängstlich aus? Vor was rannten sie weg?

Ich blätterte weiter, auf der Suche nach Antworten. Doch die nächsten Seiten bestanden hauptsächlich aus der Schnörkelschrift. Verflixt! Was hatte Amin zu verheimlichen? Ich brannte darauf zu wissen, was da stand. Aber egal, wie lange ich darauf starrte, ich konnte sie nicht entziffern.

Genervt setzte ich mich auf mein Bett. Da fiel mein Blick auf Nikos Handschuhe und Mütze. Er hatte sie mal wieder in meinem Zimmer liegen lassen. Und plötzlich hatte ich eine Idee. Ich konnte weiter auf die blöden Schnörkel starren – oder anfangen zu ermitteln.

Ein roter Kopf mit roten Ohren schob sich vor mein geistiges Auge. Und nasse Ballerinas. Kurzerhand griff ich nach Amins Tagebuch und stopfte es zusammen mit Nikos Handschuhen, Mütze und Winterschuhen in die Tasche.

»Muss vor dem Training noch was erledigen!«, rief ich meiner Mama zu. Dann zog ich die Wohnungstür hinter mir zu und rannte die Treppen hinunter.

Matteo wollte, dass ich den Entführer stellte? Das konnte er haben!

Draußen war es eiskalt. Aber zum Glück war der Klotz nicht so weit weg von der Schule. Diesmal spielten keine Kinder vor dem Eingang. Dafür stand ein Krankenwagen in der Einfahrt.

»Hallo, Johnny«, hörte ich eine Stimme. Das Mädchen war wie aus dem Nichts aufgetaucht. Sie stand wieder vor der Schwelle wie vor einer unsichtbaren Schranke. Ihre Füße steckten in den Bötchen. Das eine Bötchen hatte immer noch ein Loch.

Ich sah mich um. »Wieso ist der Krankenwagen da?«, fragte ich.

»Wegen Amma. Weil sie nichts isst. Sie hat doch die Wandstarre. Aber keine Sorge, das ist nicht ansteckend. Der Arzt sagt, dass es kein Wunder ist, dass Amma sich nicht um Amin kümmern konnte. Wegen der Wandstarre kann sie sich nicht mal um sich selbst kümmern.«

»Dann ist Amin nicht zurückgekommen?«

Das Mädchen schüttelte den Kopf. »Meine Mama sagt, Amin kommt nicht wieder. Ich werde nie hier rausgehen. Nie!«

Auf einmal zog sie mich am Ärmel. »Aber komm du mit rein«, rief sie. »Du kannst mit uns essen! Madar erlaubt es bestimmt.«

Ich erstarrte. *Madar!* Hatte Amin nicht diesen Namen in seinem Buch erwähnt?

»Wer ist Madar?«, fragte ich.

»Madar oder Maman ist Mutter auf Persisch.«

Madar. Ich rief mir Amins Worte ins Gedächtnis. »Dann heißt *Padar* Vater.«

Amin hatte also Angst um seine Eltern. Warum? Erstaunt schaute das Mädchen mich an.

»Woher weißt du das?«

»Äh, also, ich …«

Aber das Mädchen wartete meine Antwort nicht ab. »Los, komm!«, drängte es.

»Ich … ich kann nicht, ich muss zum Fußballtraining«, sagte ich. Es war noch nicht mal gelogen. Ich zeigte ihr die Trainingstasche über meiner Schulter.

»Amin spielt auch Fußball.«

»Echt?« Ich tat überrascht. Dabei wusste ich das schon von dem Polizisten.

»Er ist der Beste. Niemand spielt so gut wie er. Er hat in der Schule bei einem Spiel mitmachen sollen. Aber jemand hat seine Schuhe geklaut.«

Ich stockte. Dasselbe hatte Frau Ohrner behauptet. Aber warum sollte jemand Amins Schuhe klauen?

Den Gedanken hatte ich wohl laut ausgesprochen, denn das Mädchen sagte auf einmal: »Ich weiß, warum. Weil er Angst hatte, dass Amin gewinnt!«

»Hat Amin das behauptet?«, fragte ich.

»Ja. Aber Amin ist keine Petze. Nicht Amin!«

Ich starrte das Mädchen an. »Hat er gesagt, wer es war?«, fragte ich.

Sie nickte. »Er heißt Mati oder so.«

Mir blieb die Spucke im Mund kleben. Matteo? Warum? Etwas kitzelte mein Gehirn. Eine Erinnerung an einen Eintrag, den ich in Amins Büchlein gesehen hatte.

Gestern nach die Schule ist Matteo zu mich gegangen. Er wollte Fußball spielen. Ich alleine gegen drei. Ich habe vier Tore geschossen. Matteo war wütend. Ich verstehe nicht, ist doch ein Spiel. Ich habe nichts falsch gemacht.

Logisch. Jetzt war es sonnenklar. Matteo wollte gewinnen. Und er hatte Angst, gegen Amin zu verlieren.

»Ich muss wieder rein«, sagte das Mädchen und drehte sich um.

Auf einmal fiel mir ein, weshalb ich überhaupt gekommen war.

»Warte!«, rief ich.

Schnell ließ ich meine Trainingstasche in den Schnee fallen und holte Nikos Handschuhe und seine Winterschuhe raus.

»Die sind für dich. Von meinem Bruder. Der ist so groß wie du.«

Das Mädchen lächelte, streckte sich auf Zehenspitzen vor und nahm die Sachen. Es achtete sehr darauf, auf ihrer Seite des Tores zu bleiben.

»Danke. Mein Bruder braucht Schuhe. Seine wurden gestohlen.«

Ich schaute auf die Bötchen, die im Schnee versanken, sagte aber nichts.

Ich griff noch einmal in Tasche, um ihr auch die Mütze zu geben. Plötzlich fiel das Büchlein heraus. Es landete offen im Schnee. Mist! Ich hatte es nicht abgesperrt.

Das Mädchen starrte auf die aufgeschlagene Zeichnung.

مادر جانم، پدر عزیزم،
حال من خوب است. نزد آما هستم، ولی او تمام روز طرف دیوار می‌بیند. نمی‌دانم آیا اصلاً صدایم را می‌شنود یا مرا می‌بیند یا نه. وقتی همراهش گپ می‌زنم، جواب نمی‌دهد. انگار در دنیای دیگری است. اما جای نگرانی نیست، من می‌توانم از خودم مراقبت کنم. دیروز آوا کیک آورد، ولی آما اصلاً نخورد. هیچ وقت چیزی نمی‌خورد. حتماً به خانه فکر می‌کند. گاهی وقت‌ها برایش شیر و عسل می‌دهم، درست مانند زمانی که در خانه بودیم. آن وقت‌ها هر زمانی که سرفه و گلودرد داشتیم، یا اگر غمگین یا خوش بودیم، شیر و عسل آماده می‌کردیم. و بعد همه چیز خوب می‌شد.

Wieder Maskboy. Diesmal rettete er eine Frau vor Aliens. Ertappt versuchte ich, das Tagebuch an mich zu nehmen, aber das Mädchen war schneller und griff danach.

»Das ist Amma!«, rief es.

Jetzt starrte ich auf die Frau auf dem Bild. Alter! Sie hatte recht.

»Woher hast du das?« Das Mädchen sah mich misstrauisch an.

»Gefunden«, log ich. Ich konnte ja schlecht zugeben, dass ich es Frau Ohrner vor der Nase weggeschnappt hatte.

Aber das Mädchen hörte mir gar nicht mehr zu. Ihre Lippen bewegten sich. Ich hielt die Luft an. Konnte sie diese geheimen Schnörkel etwa entziffern?

Plötzlich hob sie den Kopf und sah mich verwundert an. »Das Buch ist von Amin.«

Oh-oh. Jetzt besser nichts sagen. Ich schwieg. Doch dann

hielt ich es nicht länger aus. »Verstehst du das?«, platzte ich heraus.

Sie nickte. »Amin kommt doch aus Afghanistan. Da spricht man wie bei uns.«

Aha. Ich hatte keine Ahnung, wo Afghanistan war. »Was steht da? Lies vor!« Ich versuchte, mir meine Ungeduld nicht anmerken zu lassen.

Das Mädchen leckte sich die Lippen und übersetzte langsam:

Liebe Madar, lieber Padar,
Es geht mir gut. Ich bin bei Amma, aber sie starrt den ganzen Tag die Wand an. Ich weiß nicht, ob sie mich hört oder sieht. Wenn ich mit ihr spreche, antwortet sie nicht. Sie ist in eine andere Welt eingeschlossen. Aber keine Sorge, ich kann mich um mich selbst kümmern. Gestern hat Ava Kuchen gebracht, aber Amma hat nicht mal probiert. Sie isst gar nichts. Bestimmt denkt sie an zu Hause. Manchmal gebe ich ihr Milch mit Honig. So wie früher daheim. Die gab es immer, wenn wir Halsweh hatten oder Husten. Oder wenn wir traurig waren oder glücklich. Und dann war alles gut.

Das Mädchen hörte auf zu lesen und sah mich an. »Weißt du, Amin hat sich immer Milch bei uns geliehen. Wegen Amma.« Dann blätterte sie weiter. Bei einer Zeichnung von einem Mädchen mit vielen Zöpfen hielt sie inne.

»Malaika!«, sagte sie leise.

Ich schaute ihr über die Schulter. »Wer ist das?«

»Meine Freundin. Sie ist auch verschwunden. Viele verschwinden. Einfach so. Wie Amin. Da ist jemand, der stiehlt Kinder.«

Plötzlich klappte das Mädchen das Buch zu, als hätte es Angst, der Kinderklauer könnte aus den Zeilen springen.

Mir lief ein kalter Schauer über den Rücken. Amin war also nicht der Einzige, der verschwunden war.

Vielleicht war es doch keine gute Idee, hier herumzuschnüffeln? Doch dann dachte ich an die Challenge. Und Matteo, den Angeber. Und daran, dass ich ein *Sheriff* war. Und *Sheriffs* stecken kalte Schauer weg wie nichts. Und außerdem war ich gekommen, um zu ermitteln. Oder nicht?

»Lies weiter!«, sagte ich. Wenn es einen Hinweis gab, würde ich ihn finden.

»Nein! Du darfst das nicht lesen. Es gehört dir nicht. Es gehört Amin«, sagte das Mädchen. Ich nahm das Buch an mich. Sie versuchte, es mir aus der Hand zu reißen, aber ich hielt es fest. Auf einmal hörten wir Rufe vom Klotz-Eingang. Eine Frau steckte ihren Kopf zur Tür raus. Sie rief dem Mädchen etwas zu, das ich nicht verstand.

»Ich muss rein. Pass auf, dass dich niemand klaut!« Dann sprang das Mädchen davon.

»Warte, wie heißt du?«, rief ich ihr hinterher. Es schien mir auf einmal furchtbar wichtig.

»Ava«, rief sie zurück.

»Ich bin Johnny.«

»Weiß ich doch. Und ich weiß auch, dass du der Anführer der *Sheriffs* bist. Amin hat es mir gesagt«, rief sie und hüpfte auf einem Bein in den Klotz.

Ich sah ihr nach. Und ich fragte mich, ob die Polizei wusste, dass jemand frei herumlief, der Kinder klaute.

## Der Magier

Am nächsten Morgen beschloss ich, mein Leben selbst in die Hand zu nehmen. Ich durfte kein Handy haben? Gut, dann musste ich mir eben eines borgen. Papa brauchte es sowieso nur für die Arbeit.

Heimlich schlich ich in der Frühe in den Flur und schnappte mir Papas Handy von der Kommode. Dann verschanzte ich mich in meinem Zimmer und startete die Übersetzer-App. Erwartungsvoll öffnete ich Amins Tagebuch.

خانم اورنر می‌گوید، او همیشه زنگ می‌زند. اما هیچ کس از آنها خبری ندارد. او باور دارد که آنها مرده‌اند. اما من این طور فکر نمی‌کنم. نه، من باور نمی‌کنم. اما اگر واقعیت داشته باشد؟ چه بر سرم خواهد آمد؟

Ich scannte die Schnörkelschrift und las die Übersetzung.

Frau Ohrner sagt, sie ruft immer an. Aber niemand weiß etwas. Sie glaubt, dass sie tot sind. Aber ich nicht. Ich glaube das nicht. Und wenn doch? Was passiert dann mit mir?

Ich zuckte zusammen. Wer war tot? Hatte der Entführer noch mehr Leute auf dem Gewissen? Inzwischen war ich mir fast sicher: Er hatte nicht nur Amin entführt, sondern auch seine Eltern und Geschwister. Das würde auch erklären, warum er gespart hatte: für das Lösegeld. Und dann war er selbst entführt worden.

Ich drehte die Seite um.

من از تو محافظت می‌کنم.

Ich starrte auf die Zeichnung und hielt die Luft an. Ein Magier schaute mir direkt ins Gesicht. Es gab die Guten. Und die Bösen. Dieser gehörte eindeutig zur zweiten Kategorie. War er der Entführer? Und warum stand Maskboy vor ihm? Ich wollte scannen, was darunter stand, doch plötzlich platzte meine Mama ins Zimmer und rief: »Jonas, aufstehen! Du bist zu spät dran!«

Ich wollte protestieren. Ich musste weiterlesen! Aber ich schaffte es gerade noch, das Tagebuch einzustecken, bevor meine Mama mich aus der Wohnung bugsierte.

Mit dem letzten Gong betrat ich das Klassenzimmer. Frau Beckbaum musterte mich. Aber sie konnte nichts sagen, diesmal war ich pünktlich wie der Gong!

»Treffen wir uns heute Nachmittag?«, fragte ich Tobi.

»Keine Zeit. Ich muss zum Zahnarzt.« Er verzog den Mund.

Ich drehte mich zu Tom um. »Was ist mit dir?«

»Geht nicht«, sagte Tom und wurde rot.

»Warum?«, fragte ich.

»Ich … äh … also wegen, du weißt doch …«

»Komm schon zum Punkt!«, sagte ich ungeduldig.

»Ich muss doch Susi die Hausaufgaben bringen.« Er schielte zu Susi, die soeben das Klassenzimmer betrat. Sie war erst nach dem Gong gekommen. Aber ihr gab Frau Beckbaum keine Strafarbeit. Susi warf Tom ein Lächeln zu. Tom grinste dämlich zurück. Als er bemerkte, dass ich ihn beobachtete, rubbelte er schnell am Tisch rum, als sei dort ein Fleck.

Ich konnte es nicht fassen! Seit wann grinste Tom wie ein dämliches Schaf? Und wurde er etwa rot?

Ooookaaay!

Alarmstufe Rot! Ich starrte Susi an. Wir *Sheriffs* mussten auf der Hut vor den Mädchen sein. Denn wenn sie fähig waren, meine Freunde in Schafe zu verwandeln, zu was dann noch? Ich schwor mir, nie in meinem Leben so zu grinsen. Nie!

In Mathe holte ich heimlich das Buch aus der Tasche. Ich musste wissen, was es mit dem Magier auf sich hatte. Möglichst ohne Rascheln blätterte ich durch die Seiten. Ich durfte mich auf keinen Fall von Herrn Fichte erwischen lassen.

Doch plötzlich sah ich etwas, das mich fast vom Stuhl kippen ließ.

Ich konnte mich gerade noch am Tisch festhalten. Ich erkannte uns alle: Tobi, Tom, Ali und mich. Was machten wir in Amins Tagebuch? Und warum wurde ich beinahe von einem Pfeil durchlöchert? Ich las, was darunter stand.

Noch einmal schlafen. Dann ist Fußballturnier. Ich bete jeden Tag zu Allah. Ich weiß, dass ihm Fußball egal ist. Aber mir nicht. Ich will in Johnnys Team. Ich werde ihn helfen zu gewinnen.

Daheim haben wir oft Fußball gespielt. Ich, Adil und Dalir.

Dalir hat immer geweint, wenn er verliert hat. Deshalb haben wir ihn gewinnen lassen.

Aber diesmal lasse ich niemand gewinnen. Wenn ich viele Tore schieße, vielleicht werde ich dann auch ein Sheriff.

Boa, Alter! Amin hatte auch über mich geschrieben! Mein Herz wummerte. Als hätte der Pfeil es in echt getroffen.

In dem Moment ging Herr Fichte durch die Reihen. »Was hast du da?«, fragte er mich.

Ich erschrak. »Nichts«, sagte ich und verstaute schnell das Buch in meinem Rucksack. Sicher war sicher.

In der Pause spielten wir Fangen. Ich jagte Cora durch den ganzen Pausenhof, bis ich sie endlich erwischte. Kichernd ließ sie sich von mir ins Gefängnis ziehen. Das war kein richtiges Gefängnis, sondern der Platz zwischen den Mülltonnen.

Die Mädchen tuschelten und guckten immer zu uns Jungs rüber. Susi guckte zu Tom. Und Cora zu mir. Aber ich war gewarnt. Niemals würde ich so dämlich grinsen wie Tom!

»Wart's nur ab. Wenn ich Anführer bin, wirst du nur noch Luft für Cora sein«, flüsterte mir auf einmal jemand ins Ohr. Matteo.

Meine Miene wurde eiskalt. »Du wirst nie ein *Sheriff*! Wer will schon einen Gockel als Anführer!«

Matteos Augen verengten sich. »Du warst das mit der Tafel! Gib's zu! Niemand sonst traut sich das!«

Ich wollte widersprechen und sagen: Doch, Amin! Aber in letzter Sekunde schluckte ich die Worte runter. Ich würde Amin nicht verraten. Irgendwie war das jetzt ein Geheimnis zwischen uns. Wir waren Komplizen. Und Komplizen verrät man nicht.

»Und wenn?«, sagte ich deshalb.

»Dafür wirst du Loser noch bluten! Und außerdem bist du eh bald tot … Oder weißt du schon, wer der Entführer ist?« Er grinste fies.

Aber fies konnte ich auch sein! »Wer ist denn hier der Loser, hm? Ich weiß, dass du und King und Kong gegen Amin beim Fußball total abgeschmiert seid!«

»Hä?«, fragte er.

Da fiel mir ein, dass er ja nichts von King und Kong wissen konnte. Die nannte ja nur ich in meinem Kopf so.

»Du, Lars und Freddy. Ihr habt gegen Amin abgekackt. Und ich weiß auch, dass du Amin die Fußballschuhe geklaut hast. Er wollte nämlich zu mir in die Mannschaft. Du hast sie geklaut, damit er nicht spielen kann. Weil du Angst hattest zu verlieren!«

Jetzt fiel Matteo die Kinnlade herunter. »Halt bloß die Klappe! Das kannst du nicht beweisen.«

Nein, konnte ich nicht. Aber es spielte auch keine Rolle. Wenn ich vorher noch den geringsten Zweifel gehabt hatte, jetzt wusste ich sicher, dass Amin mit seiner Vermutung recht gehabt hatte. Und ich fing an, mich zu fragen, wer hier der Dieb von beiden war.

Tobi musste nach der Schule zum Zahnarzt. Also musste ich alleine nach Hause gehen. Ich wollte gerade los, da sah ich ihn. Den Fremden.

Er saß auf der Mauer neben dem Fahrradparkplatz. Trotz der Kälte trug er nur eine Jeans und einen Hoodie, der sein Gesicht halb verbarg. Er war nicht von hier, das konnte ich sehen. Er starrte in die Schülermenge, als suche er jemanden. Aber ich sah, was er in seiner Hand hielt. Eine Kette aus murmelgroßen schwarzen und roten Perlen. Er drehte die Kugeln zwischen den Fingern und schnippte sie von rechts nach links.

Ich erkannte ihn. Es war der schwarze Magier aus Amins Buch.

Mein Puls schlug wie verrückt.

Boa, ich bekam vielleicht Bammel. Ich meine, stell dir vor, jemand, den du kennst, wird entführt. Und dann steht sein Entführer plötzlich vor dir. Er saß da und starrte die Kinder an, die aus der Schule kamen. Suchte er sein nächstes Opfer? Schnell versteckte ich mich hinter einer Säule und beobachtete ihn. Als kaum noch Kinder herauskamen, sprang er auf und ging.

Was hätte jetzt jeder vernünftige Mensch gemacht? Na klar, die Polizei rufen. Aber ich hatte kein Handy. Und vernünftig war ich schon gar nicht. Und außerdem war das meine Chance, die Challenge gegen Matteo zu gewinnen und ihm zu zeigen, wer der rechtmäßige Anführer der *Sheriffs* war.

Ich folgte ihm. Er hatte unser Wohnviertel hinter sich gelassen. Sein Gesicht verbarg er unter der Kapuze. Er ging immer weiter weg, immer tiefer in einen Dschungel aus Straßen, Geschäften und Menschen. Irgendwann kannte ich mich nicht mehr aus. Alles sah fremd aus, sogar die Leute auf der Straße. Ich heftete meinen Blick auf seine Fersen.

Der Entführer ging immer zehn Schritte vor mir. Auf einmal wurde ich angerempelt, und ein Mann funkelte mich an. Ich murmelte eine Entschuldigung und huschte weiter. Dummerweise huschte ich an dem Entführer vorbei. Auf einmal war er hinter mir. Hast du so was schon mal gehört? Das durften die *Sheriffs* auf keinen Fall erfahren. Ich kniete mich hin und tat so, als binde ich mir den Schuh. Dabei guckte ich zurück. Ich sah gerade noch, wie er zwischen rot, gelb und grün leuchtenden Blumen verschwand. Wo kam der Blumenladen auf einmal her? Ich hatte ihn gar nicht gesehen. Ein paar dunkle Männer saßen davor an einem Tisch und tranken Kaffee aus kleinen Tassen. Ich spürte ihre Blicke in meinem Rücken. Mit pochendem Herzen ging ich ein paar Schritte zurück. Unauffällig lugte ich in den Laden. Überall steckten bunte Blumen in Vasen. Es duftete nach Blumenwiese, Sommer und Minze. Der Duft verwirrte meine Sinne. Aber so leicht ließ ich mich nicht beirren. Auch fleischfressende Pflanzen konnten schön aussehen. Und wenn du nicht aufpasst – zack, öffnen sie ihre klebrigen Blätter und verschlingen dich. Ich malte mir die Schlagzeilen in den Nachrichten aus:

**Fleischfressende Pflanzen verschlingen Kind!**
**Entführer auf der Flucht**

Mit pochendem Herzen sah ich mich um. Aber der Laden war leer. Der Typ war weg. Dafür gab es nur eine Erklärung: Der Laden musste einen Hinterausgang haben. So ist es in den Filmen auch immer.

Auf einmal stand einer der Männer vom Tisch auf. Er ging auf mich zu. Er lächelte. Oder er bleckte seine Zähne. So genau konnte ich das nicht sagen. Ich versuchte auszuweichen, aber er war so breit, dass ich nicht an ihm vorbeikam. Er schob mich mit seiner Wampe in den Laden rein.

Dann schrie er etwas, legte Münzen auf den Tresen und ging wieder. Dabei wuschelte er mir mit der Hand durch die Haare. Ich wollte schnell wieder raus. Doch plötzlich sah ich eine Treppe, die in den Keller führte.

Mach keine Dummheiten und geh raus hier – sagte Mamas Stimme in meinem Kopf.

Geh da hinunter, aber pass auf, dass dich niemand sieht – sagten die Gene.

Ich atmete tief ein. Und setzte einen Fuß auf die Treppe.

## Ein Schuss

Langsam schlich ich hinunter. Am unteren Treppenabsatz blieb ich stehen. Und spähte in einen Raum. Es war dämmrig. Nur durch einen winzigen Schacht drang Licht. Der Raum war klein und sorgsam aufgeräumt. Es gab nur ein Bett, einen Tisch und einen Stuhl. An der Wand stand ein Regal mit Geschirr. Von dem Magier keine Spur. Erleichtert trat ich näher. Und sah mich verblüfft um. In jeder Ecke standen frische Blumen. Jemand hatte aus ihren Stängeln und Blüten Tigerköpfe und den Eiffelturm, Schlangen, Herzen und Sterne gebastelt. Die Kunstwerke standen in Vasen und hingen von der Decke, sogar auf dem Boden lagen sie verstreut. Es sah aus wie in einem fantastischen Blumenzirkus.

Plötzlich entdeckte ich an der Türklinke eine Stofftüte. Auf der stand in bunten Farben AMIN. Die hatten wir in Kunst gemacht! Frau Beckbaum hatte uns die Tüten an dem Tag mit nach Hause gegeben, als Amin das letzte Mal in der Schule gesehen wurde.

Ich strengte meine Gehirnzellen an. Das bewies, dass der Magier Amin kannte. Und er hatte Amin kurz vor seinem Verschwinden gesehen.

Plötzlich riss mich eine Hand an der Schulter zurück.

»Was machst du hier?«

Ich starrte in ein wütendes Gesicht. Es war der Entführer. Seine Kapuze war runtergerutscht. Sein Blick aus schwarzen Augen durchbohrte mich. Er war nicht älter als zwanzig, hatte schwarze Haare und ein kleines Muttermal unter dem linken Auge. Woher war er so plötzlich gekommen? Er sah so aus, als würde er mich liebend gerne an die gefräßigen Blumen verfüttern.

»Ich weiß nicht«, stammelte ich. Das stimmte ja auch. Warum folgte ich ihm? Wer hatte diese bescheuerte Idee gehabt?

»Raus mit der Sprache! Warum schnüffelst du mir nach?« Seine Stimme klang wie gebrochener Ton. Er sprach abgehakt und betonte die Wörter seltsam.

»Ich … ich wollte Blumen kaufen«, log ich. Inzwischen zahlte sich meine ständige Lügerei aus. Es flutschte mir leichter von den Lippen.

»Das kannst du deiner Großmutter erzählen! Du folgst mir schon seit der Schule.«

Mist. Meine Großmutter hätte mir geglaubt. Aber Entführer waren mit allen Wassern gewaschen. Er durfte nicht merken, wie viel Angst ich hatte. Angsthasen waren leichte Beute. Ich nahm allen Mut zusammen, straffte meine Schultern und sagte es geradeheraus:

»Ich will wissen, wo Amin ist.«

Der Mann zuckte zusammen und ließ mich los.

»Du kennst Amin? Wer bist du?«

Normalerweise hätte ich jetzt »Johnny« gesagt. Aber etwas hielt mich davor zurück. Vielleicht war es die Art, wie er die Augenbrauen zusammenkniff.

»Jonas«, sagte ich. Jonas klang irgendwie unschuldig. Ein Jonas bekam kein Batschekikus. Ein Jonas geriet auch nicht in Schwierigkeiten. Jedenfalls nicht so wie ein Johnny. Und der steckte schon tief genug in der Patsche.

»Ich bin ein Schulfreund«, sagte ich noch. Das war ein Fehler. Auf einmal drückte der Entführer mich auf einen Stuhl und stemmte beide Arme auf die Lehnen. Ich war zwischen ihm und dem Stuhl eingesperrt.

»Du lügst schon wieder. Amin hat keine Freunde.«

Erwischt. Es schien, als hätte der Entführer sein Opfer sehr gut studiert. Vielleicht sollte ich lieber die Klappe halten. Aber das fiel mir so schwer wie Hausaufgaben machen.

»Okay, wir sind keine Freunde. Aber ich bin hier, um ihn zu suchen! Und meine Freunde wissen, wo ich bin. Sie rufen die Polizei, wenn ich in fünf Minuten nicht bei ihnen bin.« Das war blanker Unsinn. Tobi war beim Zahnarzt und weigerte sich gerade, seinen Mund zu öffnen, Tom erklärte Susi die Hausaufgaben und lächelte dabei wie ein dämliches Schaf, und Ali knabberte sicherlich an einem der Riegel, die er heimlich unter seinem Bett versteckt hielt. Niemand wusste, wo ich war. Und niemand würde mich suchen. Ich konnte nur hoffen, dass der Entführer keinen Bedarf für ein weiteres Opfer hatte.

»Warum glaubst du, dass Amin hier ist?«

Ich dachte an das Tagebuch in meinem Rucksack. Und daran, dass er es nicht in die Finger bekommen durfte. Wahrscheinlich war darin der einzige Beweis, dass er der Entführer war.

»Wegen der Stofftasche. Du hast sie Amin weggenommen. Nachdem du ihn entführt hast!«

Der Typ starrte mich an. Für einen Moment schien es ihm die Sprache verschlagen zu haben. Ein eindeutiges Zeichen, dass ich mitten ins Schwarze getroffen hatte.

»Entführt? Hast du einen Knall? Warum sollte ich das tun?«

»Na, weil ...« Ich stockte. Es irritierte mich, dass der Kerl nicht wusste, warum er tat, was er tat. »Woher soll ich das wissen? Ava sagt, dass ständig Kinder verschwinden. Deshalb geht sie auch nicht über die Schwelle. Weil jemand die Kinder klaut!«

»Ava aus der Asylunterkunft?«

Ich nickte. Sie hatte er also auch schon ausgespäht. Sollte sie sein nächstes Opfer sein?

»Und du glaubst, ich entführe Kinder? Menschen verschwinden aus der Unterkunft, weil sie abgeschoben werden. Sie dürfen nicht in Deutschland bleiben und müssen zurück in ihre Heimat. Aber Amin wurde nicht abgeschoben. Dort, wo er herkommt, herrschen Terror und Krieg. Doch davon verstehst du nichts.«

»Und wo ist er dann jetzt?«

»Ich weiß es nicht.«

Er sagte nichts mehr. Und ich auch nicht. Denn so viel war klar. Woher hatte er die Tasche, wenn nicht von Amin? Er log.

»Es ist besser, du kümmerst dich um deinen eigenen Kram«, sagte er und gab den Stuhl frei. »Also verschwinde von hier und lass dich nie wieder blicken.«

Ich stand auf. Plötzlich sah ich eine Waffe unter einer Zeitschrift auf dem Tisch liegen. So eine, wie ich sie als Kind hatte, als wir Cowboy gespielt hatten. Nur sah diese echt aus. Jetzt bekam ich wirklich Muffensausen.

Der Entführer folgte meinem Blick. Er öffnete eine Schublade und nahm die Waffe. In dem Moment brannten meine Sicherungen durch. Ich schubste ihn zur Seite. Die Waffe fiel auf den Boden. Ein Schuss löste sich. Es knallte ohrenbetäubend.

Das Letzte, was ich sah, war sein angstverzerrtes Gesicht. Ich taumelte zurück und stieß mit dem Rücken gegen etwas Hartes. Jemand rief: »Pass auf!«, und auf einmal schwankte die Wand hinter mir. Ihr Gewicht drückte gegen mich. Es klimperte und klapperte und riss mich hinunter. Ich kam hart auf. Mein Gesicht wurde gegen den kalten Boden gedrückt. Ich atmete Staub. Ich hörte einen tosenden Lärm, als etwas auf mich fiel und zersplitterte. Meine Schulter schmerzte höllisch. Das war der Moment, als ich Panik bekam. Ich schrie.

Plötzlich ging das Licht an. Ich hustete. Ich krümmte mich unter dem Gewicht, unter dem ich verschüttet war.

Ich hörte, wie sich jemand durch den Scherbendschungel durchwühlte. Das schwere Ding auf mir wurde heruntergezogen. Es zerkratzte meine Schulter. Es klirrte. Etwas ging zu Bruch. Ich blinzelte. Der Kerl fasste mich unter den Armen und zog mich unter dem Geschirrhaufen hervor.

»Geht es dir gut? Bist du verletzt?«, fragte er bestürzt. Anstatt zu antworten, hustete ich. Ich rappelte mich hoch. Der Raum war ein Trümmerhaufen. Das Regal mit dem Geschirr lag am Boden, überall lagen Scherben zwischen kaputten Blumen. Nur eine Blumenvase mit zwei weißen, aus Lilien gesteckten Schwänen stand noch aufrecht.

»Bist du wahnsinnig!«, rief er verzweifelt. »Mit so was muss man vorsichtig sein. Ich wollte das Ding doch nur wegräumen.«

Ich schwieg.

»Jetzt hast du eine klitzekleine Vorstellung davon bekommen, wie es ist, wenn alles um dich herum zerstört wird. Übrigens, ich bin Zaki.«

Zaki stellte einen Minztee vor mich auf den Tisch. Weil alle Tassen kaputt waren, servierte er ihn in einer kleinen mit Fischen verzierten Vase. Meine Hand zitterte, als ich danach griff. Vor mir auf dem Tisch lag die Waffe. Mit Platzpatronen. Ich fragte lieber nicht, woher Zaki die hatte. Und warum.

»Das ist eine Schreckschusspistole. Keine richtige Waffe.

Tut mir leid, dass ich dich erschreckt habe. Ich hätte sie längst weggeben sollen«, sagte er und verstaute die Waffe in der Schublade. Dann schüttelte er den Kopf. »Wie kommst du überhaupt darauf, mir nachzuspionieren? Du kannst doch nicht einfach in fremde Wohnungen spazieren. Dir kann alles Mögliche passieren!«

Ich schwieg. Was sollte ich auch sagen? Dass meine Gene zuweilen das Denken übernehmen?

Ich schaute mich um. Mein Blick blieb an Amins Stofftüte hängen. Er hatte meine Frage noch nicht beantwortet.

»Woher hast du seine Stofftüte?«

»Er hat sie mir geschenkt. Zum Geburtstag. Für meine Bücher. Ich gehe einmal die Woche in den Deutschunterricht.«

»Dein Deutsch ist doch gut«, sagte ich misstrauisch.

»Gut langt nicht«, sagte er.

»Bist du das?«, fragte ich und zeigte auf ein Foto, das einsam an der Wand hing. Es war abgegriffen, mit Eselsohren und leicht zerknittert. Als hätte Zaki es tausendmal in der Hand gehalten. Es zeigte ihn mit drei Kindern, Arm in Arm. Zwei Jungen, ein Mädchen. Die Ähnlichkeit der vier war kaum zu übersehen. Sie sahen glücklich aus. Sie standen vor einem Haus. Der Jüngste biss in einen Apfel und lächelte schief. Und Zaki stand hinter ihnen. Wie ein Beschützer. Wie ein großer Bruder. Er lachte.

»Sind das deine Geschwister?«

Zaki nickte. Ich wollte noch weiter fragen, aber er nahm

das Foto ab und legt es in eine Schublade. Offensichtlich wollte er nicht darüber reden.

»Woher kennst du Amin?«, fragte ich, um die peinliche Stille zu überbrücken.

»Aus der Unterkunft. Ich habe auch dort gelebt, bis ich hierhergezogen bin«, sagte Zaki. »Jetzt helfe ich oben im Blumenladen aus. Und hier unten wohne ich.«

Aha. Das erklärte auch, woher er Ava kannte.

»Und wo sind Amins Eltern?«, fragte ich.

»Niemand weiß das. Dort, wo Amin herkommt, gibt es schon lange Hunger und Krieg. Sein Haus wurde zerstört. Alles ist verbrannt. Seine Familie hatte nichts mehr. Kein Dach über dem Kopf, nichts zu essen, keine Kleidung, nichts. Sie sind geflohen. Bei einem Angriff wurden sie auseinandergerissen. Die Menschen liefen in Panik davon. Amin war plötzlich alleine. Seine Eltern waren weg. Seine Geschwister auch. Er musste alleine weiterfliehen. Frag mich nicht, wie er nach Deutschland gekommen ist. Er muss Wochen alleine unterwegs gewesen sein. Mit dem Boot, zu Fuß. Bis heute weiß er nicht, wo seine Eltern sind. Vielleicht tot. Vielleicht in einem anderen Land. Vielleicht gefangen.«

*Krieg*
*Angriff*
*alleine*
*fliehen*
*tot oder gefangen*

Die Wörter prasselten wie Hagel auf mich herab.

Das waren alles Sachen, die in Büchern vorkamen. Und in den Nachrichten. Aber doch keine, die wirklich jemandem passierten! Und schon gar nicht einem Klassenkameraden. Oder doch?

Ich schluckte. Auf einmal kam ich mir wie ein Vollidiot vor. Ich dachte immer, ich sei mutig. Aber Mut war gar kein Mut, wenn nichts auf dem Spiel stand. Das kapierte ich jetzt. Wenn jemand mutig war, dann Amin! Er war zu Fuß gelaufen. Tausende Kilometer. Er hatte sich alleine durchgekämpft. Und er stand jeden Morgen alleine auf, kümmerte sich um Amma und ging in die Schule. Er war Maskboy!

»Manche sagen, dass Amin sich den Krieg nur ausgedacht hat. Weil er dann Geld bekommt. Und umsonst hier leben darf.«

Ich rechnete damit, dass Zaki wieder wütend reagieren würde, aber er sah mich nur merkwürdig an und fragte: »Glaubst du das auch?«

»Nein.« Ich war drin gewesen im Klotz. Ich hatte Avas Zimmer gesehen. Ich dachte an Amma. Und daran, dass sie die Wand anstarrte, weil sie sich nach Hause sehnte. Und dass sie verhungern würde, weil Amin nicht da war, um ihr Honigmilch zu geben. Und das alles wegen dem Krieg.

»Die Leute erzählen viel Unsinn. Weil sie es nicht besser wissen. Und weil sie Angst vor allem haben, was fremd ist«, sagte Zaki. Er zeigte auf seine dunklen Haare, seine etwas dunklere Haut. »Die Leute haben auch Angst vor mir. Weil ich nicht so aussehe wie sie. So wie du.«

Ich wollte widersprechen, verstummte jedoch. Es standen ständig irgendwelche Leute vor der Schule, aber ich hatte Zaki verdächtigt. Ich hatte Zaki für einen Verbrecher gehalten, weil er anders aussah. Weil er aussah wie der schwarze Magier.

»Und wo ist deine Familie«, fragte ich ihn.

»Daheim, in Syrien. Aber ich bin erwachsen. Ich habe es geschafft, hier ein neues Leben anzufangen. Ich habe einen Job. Ich habe ein Bett. Ich habe die Blumen.« Er breitete die Arme aus und zeigte auf sein Trümmerreich.

Er lachte. Doch ich konnte es sehen: etwas in seinen Augen, das er verbarg. Etwas, das er um keinen Preis zeigen wollte.

Der Tee war ausgetrunken. Ich stand auf und schulterte meinen Rucksack. Plötzlich durchzuckte ein heftiger Schmerz meinen Körper, dort, wo das Regal auf mich gefallen war. Aber ich war ein *Sheriff.* Knirschend biss ich die Zähne zusammen. Zaki musterte mich besorgt. »Zeig mal!« Behutsam nahm er meinen Rucksack und zog mir die Jacke runter.

»Nein, geht schon«, sagte ich. Es war mir peinlich. Ich war kein Weichei.

»Nun mach schon«, sagte er ungeduldig und hob das T-Shirt über meinen Kopf. Dann sagte er … nichts.

»Und?«, fragte ich.

Zaki kaute auf seiner Unterlippe. Eigentlich hätte ich da schon wissen müssen, dass etwas faul war. Das schlechte Gewissen war ihm anzusehen.

Aber er sagte: »Nur ein paar Kratzer, mehr nicht. Das wird schon wieder.«

Auf einmal blieb sein Blick auf meinem Oberarm hängen. Dort, wo ich mit Kuli das *Sheriff*-Zeichen aufgemalt hatte.

Seine Augen wurden hart. Er biss die Zähne so fest aufeinander, dass sein Kiefer hervortrat. »Du bist Johnny«, sagte er.

# Verbrannte Flügel

»Du hast gelogen!« Er war wütend. Das Problem war, ich wusste nicht genau, warum er sauer war.

Weil ich gelogen hatte? Oder weil ich Johnny war? Irgendwie schien mein Name in letzter Zeit wie Fliegenpapier zu sein. Jeder Ärger, der vorbeikam, blieb dran kleben.

»Ich heiße wirklich Jonas«, verteidigte ich mich. »Johnny ist mein Spitzname.«

Die Ausrede klang schwach. Ich hatte gemogelt. Und er wusste, dass ich wusste, dass er es wusste.

»Ich hätte es wissen müssen. Amin hat viel von dir erzählt. Du bist doch dieser Anführer. Und du bist einer, der ständig in Schwierigkeiten steckt.«

Leider fiel mir nichts ein, was ich dagegen einwenden konnte.

»Vielleicht hat er deshalb ständig von dir gesprochen. Er mochte dich.«

»Was?« Jetzt war ich baff.

Zaki musterte mich. »Weißt du, Amin spricht nicht viel. Aber er sieht alles. Als ob er den Menschen direkt ins Herz schauen kann. Er sagt, du bist mutig. Und ein Ehrenmann. Du lässt deine Freunde nicht im Stich. Und er sagt, du wirst eines Tages vom Himmel fallen.«

»Was für ein Himmel?« Der Pistolenknall musste ihm seinen Verstand geraubt haben.

»Kennst du die Sage von Ikarus? Er bastelte sich Flügel und flog bis zur Sonne. Kein Mensch hatte das vor ihm geschafft. Aber irgendwann kam er zu nah an die Sonne, und seine Flügel verbrannten.«

»Aha. Ich bin also Ikarus.«

»Ja. Amin wollte nicht, dass deine Flügel verbrennen. Er wollte dir helfen. Er wollte dein Freund sein.«

Mir helfen? »Er hat nie was gesagt!«

Zaki hob eine Augenbraue. »Hättest du ihm denn zugehört? Ihr habt ihm nie eine Chance gegeben, zu zeigen, wer er ist. Alles, was er wollte, ist Fußball spielen und zu euch gehören. Ich bin mir sicher, wenn er an dem Tag Schuhe gehabt hätte, wäre er heute noch hier.«

*Bäm!* Die Worte trafen mich wie ein rechter Haken. Ich war es zwar nicht gewesen, der Amin die Fußballschuhe geklaut hatte. Aber ich hatte noch ein zweites Paar in meinem Spind. Ich hätte es ihm geben können. Es wäre nur ein Handgriff gewesen. Aber ich hatte es nicht getan. Amin war mir egal gewesen. Ich wollte ihn nicht in meinem Team.

Zaki sagte nichts mehr und ich auch nicht. Ich stand auf. Es war mir peinlich, aber ich musste ihn bitten, mich nach Hause zurückzubringen. Ich hatte keine Ahnung, wie ich den Weg alleine finden sollte. Ich wäre stundenlang umhergeirrt. Irgendwann hätte mich dann nachts die Polizei aufgegabelt. Wieder ärgerte ich mich, dass ich kein Handy haben durfte. Aber was sollte ich meinen Eltern sagen: »Seht ihr? Hätte ich ein Handy gehabt, hätte ich mich beim Verfolgen eines Verdächtigen nicht verlaufen.«

»Kennst du dich ab hier aus?«, fragte Zaki, als wir nicht weit von meiner Schule waren.

»Ja, danke«, sagte ich.

»Alles klar dann.« Er drehte sich um und ging.

Ich sah ihm nach. Sein Gang war langsam. Nein, lässig. Er steckte eine Hand in die Hosentasche. Mit der anderen schwang er die Kette. Als hätte er alle Zeit der Welt. Auf einmal stockte ich. Mir wurde plötzlich klar, dass ich die alles entscheidende Frage nicht gestellt hatte.

»Zaki!«, rief ich. »Warte!«

Er drehte sich um.

»Du hast gesagt, Amin ist kurz nach dem Turnier verschwunden. Woher weißt du das? Hast du ihn noch gesehen?«

Es musste so sein. Denn Amin musste ihm noch am selben Tag die Stofftasche gegeben haben.

Zakis Gesicht versteinerte. »Nein«, sagte er.

Aber mir war klar: Er hatte gelogen!

Daheim gab es mächtig Ärger. Weil ich nach der Schule nicht nach Hause gekommen war. Auch beim Fußball hatte man mich vermisst. Und es war schon fast Abend.

Ich hätte ihnen ja gerne die Wahrheit gesagt. Aber wer

schaufelt sich schon sein eigenes Grab? Eigentlich fies, dachte ich. Da will man die Wahrheit sagen und wird dazu gezwungen zu lügen. Von den eigenen Eltern!

Was folgte, war das volle Programm, neunzig Minuten. Zuerst hatte Mama mich an sich gerissen und geweint, weil sie vor Sorge beinahe umgekommen war (Weichspüler). Dann schimpfte sie mich gründlich aus (Kaltwäsche). Jetzt flatterte sie aufgeregt in der Wohnung herum, und Papa stellte mir lauter Fragen (Schleudern).

Ich dachte mir die wildesten Geschichten aus. Ich erzählte das Märchen vom verlorenen Handschuh. Ich wich geschickt allen verfänglichen Fragen aus. Ich war ein Ausreden-Slalomfahrer. Aber Niko ließ mich natürlich gegen den Pfosten prallen.

»Hier sind sie doch«, sagte er und zog die Handschuhe aus meiner Jackentasche. Sie rochen muffig und hatten lauter Löcher. So wie mein Alibi jetzt. Ich erdolchte Niko mit meinem Blick. Aber anstatt zu Boden zu gehen, wedelte er immer noch mit dem Beweis vor Papas Nase herum.

»Aha! Und wie erklärst du mir das?« Papa riss Niko den Handschuh aus der Hand und hielt ihn wie eine Trophäe in die Luft. Warum mussten Erwachsene immer so übertreiben?

»Ich habe sie ja dann auch gefunden. Später!«, log ich.

»Jonas, merkst du eigentlich, wie löchrig deine Geschichte ist? Ich will sofort wissen: Wo warst du den Rest der Zeit? Zwischen Suchen und Später?«

Mist. Jetzt hatte er mich in der Sackgasse. Jetzt half nur noch eines: Frontalangriff.

Ich seufzte. Ich ließ die Schultern hängen. Ich sprach kleinlaut. »Okay. Ich war im Games Store.«

Meine Eltern hatten mir verboten, dahin zu gehen. Deshalb mussten sie mir diese Ausrede glauben. Niemand wäre so dämlich, sich eine Ausrede einfallen zu lassen, auf die die Todesstrafe drohte: eine Woche kein Fernsehen, keine Computerspiele, keine Playstation.

»Jonas! Das ist nicht dein Ernst! Wie oft haben wir dir das schon untersagt? So kann das nicht weitergehen! Du weißt, was das heißt. Und diesmal gilt das Verbot nicht eine Woche, sondern einen Monat lang. Hoffentlich bringt dich das zur Vernunft!«

Ich nickte. Ich schlurfte geknickt in mein Zimmer. Ich warf die Tür hinter mir zu. Ich boxte in die Luft und riss im Siegesrausch die Arme hoch.

Autsch. Mein Rücken!

Ich zog das T-Shirt aus und versuchte, über die Schulter zu gucken. Dabei musste ich mich ziemlich verrenken. Aber auch so sah ich sie: Fette rote Striemen liefen quer über meine Schultern und den Rücken.

Auweia! Von wegen *Kratzer*. Das waren *Traktorspuren*. Deshalb hatte Zaki so besorgt geschaut. Schnell zog ich meinen Pyjama über. Das durften meine Eltern auf keinen Fall sehen. Auch wenn es nicht so arg wehtat, wie es aussah. Ich fragte mich, ob Zaki Amin wirklich nicht entführt hatte oder ob er nur ein guter Lügner war. Irgendwie glaubte ich ihm. Ich konnte mir nicht vorstellen, dass jemand Kinder stahl, der mit Blumen so zaubern konnte. Oder doch?

Ich kramte Amins Buch aus dem Rucksack und sah mir noch einmal den schwarzen Magier an. Jetzt kam er mir gar nicht mehr so düster vor. Und die Vögel, die um seinen Zauberstab schwirrten, sahen aus wie die Blumentiere in Zakis Zimmer. Heimlich schnappte ich mir Papas Handy und scannte, was darunter stand:

Ich beschütze dich!

Amin hatte Zaki also vertraut. Zu Recht? Oder war er in eine Falle gelaufen? Ich war unschlüssig. Denn ich hatte an diesem Abend auch etwas über Zaki gelernt, das mich vorsichtig machte: Er hatte geschummelt, als ich ihn nach der Stofftüte gefragt hatte. Und er hatte geschummelt, als er sagte, die Kratzer seien nicht schlimm.

Ich hatte es mit meinesgleichen zu tun. Er war nicht zu unterschätzen.

# Verbotene Spiele

Als ich am nächsten Morgen aufwachte, war Papa schon in der Arbeit. Und Mama war im Stress und hörte nur mit einem Ohr zu. Sie suchte Nikos Schuhe und seine Mütze und Handschuhe.

»Ich verstehe das nicht! Sie können doch nicht einfach wie vom Erdboden verschwunden sein!«, beklagte sie sich.

Oh-oh! Schnell weg hier. Eilig quatschte ich etwas von »Pilotprojekt« und »Umwelt« und lief zur Schule.

So schnell ich konnte, ging ich aufs Schulklo und sperrte mich dort ein. Ich wollte in Ruhe lesen. Mein Rücken schmerzte bei jeder Bewegung.

Meine Kopf tut weh. Ich muss immer denken. Ich will aber nicht. Weil dann denke ich immer an zu Hause.

Bald ist Weihnachten. In Deutschland man darf sich Dinge wünschen. Vielleicht erfüllt sich auch meine Wünsche, weil ich jetzt hier lebe.

Frau Ohrner sagt, man muss die Wünsche auf ein Zettel schreiben:

Ich will, dass Madar, Padar, Adil, Dalir und Fasila leben. Und dass wir alle bald wieder zusammen sind.

Dank Zaki wusste ich jetzt, wer die Leute waren. Amins Eltern und Geschwister. Es gongte. Eilig drückte ich die Klotür auf. Dieses doofe Ding klemmte! In Gedanken verfluchte ich den Hausmeister, der sich aus dem Staub gemacht hatte. Als ich es endlich schaffte, sie aufzudrücken, gongte es schon wieder.

»Johnny, du bist zu spät!«, beschwerte sich Frau Beckbaum.

»Die Tür vom Klo …«, sagte ich. Aber sie schnitt mir das Wort ab. Was wetten, es gibt ihn: den Friedhof der unausgesprochenen Sätze.

»Spar dir deine Ausreden. Du weißt, was dich erwartet.

Bis morgen möchte ich von dir einen Aufsatz, warum man nicht zu spät kommen sollte.«

»Fragen Sie mal die Klotür«, murrte ich. Die Klasse lachte. Ich lachte mit. Ich ließ mich neben Tobi auf den Stuhl plumpsen.

»Heute nach der Schule spielen wir *Nerf*!«, flüsterte er mir zu.

»Wo?«, fragte ich.

»Still dahinten«, fauchte Frau Beckbaum. Ich verstummte. Eine Strafarbeit am Tag war genug.

Tobi flüsterte: »Im kleinen Pausenhof.«

Nach der Schule kraxelten wir über den Eisenzaun, der den Pausenhof vom Innenhof trennt. Es war verboten, dort zu spielen. Deswegen mussten wir es heimlich machen. Und ganz besonders war es verboten, Spielzeugwaffen in die Schule mitzunehmen. Wenn man erwischt wurde, gab es einen Verweis. Der große Cousin vom Freund von einem Freund hatte deswegen mal einen bekommen.

Tobi holte zwei *Nerf Guns* mit Schaumstoffpatronen aus dem Rucksack und drückte mir eine in die Hand. Auch Ali und Tom hatten ihre dabei.

»Tom und ich gegen Tobi und Johnny«, sagte Ali und schob schnell sein Pausenbrot in den Mund.

Ali und Tom guckten sich um. Sie hatten genauso Bammel wie ich, erwischt zu werden. Nur Tobi nicht. Gelassen rief er: »Alle in Deckung!«

Tom lud seine *Nerf* und versteckte sich hinter einem Betonblock. Tobi und ich legten uns im Gebüsch auf den Boden. Ali versteckte sich hinter einem Baum. Doch überall guckte er raus. Der Baum war zu dünn.

*Peng!* Tobi traf ihn am Bein. Aber Ali ging nicht zu Boden.

»Ich hab dich getroffen!«, rief Tobi. »Du bist tot!«

»Bin ich nicht!«, schrie Ali.

*Peng!* »Aber jetzt!«, rief Tobi.

»Das ist gemein!«, beschwerte sich Ali.

»Was'n los?« Tom kam aus der Deckung.

»Ali will nicht tot sein!«, beschwerte sich Tobi.

Tom guckte von Ali zu Tobi. Dann zu mir.

»Sag doch du auch mal was!«

Mir war übel. Ich dachte die ganze Zeit an Amin. An sein Haus. Seine Eltern. Den Krieg. Und ein bisschen auch an die Lehrer, die uns jederzeit erwischen konnten.

»Ich habe keine Lust mehr«, sagte ich.

Alle starrten mich an.

»Ist doch doof, wenn keiner tot sein will«, fügte ich noch schnell hinzu.

»Stimmt«, sagte Tom.

»Na gut, dann spielen wir was anderes«, sagte Ali. Irgendwie waren alle erleichtert. Nur Tobi schaute mich komisch von der Seite an. Und sagte nichts.

## Betteln zwecklos

Ich steckte Tobis *Nerf* in meinen Rucksack. Wir hatten gerade die Rucksäcke über den Eisenzaun geworfen und waren rübergesprungen, als uns Herr Knarz in den Weg trat. Herr Knarz war der meistgefürchtete Lehrer an der Schule. Wenn er sprach, wagte niemand zu atmen. Wenn er einen ansah, fühlte man sich mickrig wie eine Ameise.

Wir standen da wie ertappte, nicht atmende, mickrige Ameisen.

»Ihr habt etwas Verbotenes getan. Ihr wisst das. Und ihr werdet die Konsequenzen dafür tragen.« Hatte ich erwähnt, dass Herr Knarz nie um den heißen Brei redete?

Leugnen zwecklos.

Diskutieren zwecklos.

Betteln zwecklos.

Ali, Tobi und Tom schielten zu mir rüber. Wie ich schon sagte, manchmal war es echt ätzend, der Anführer zu sein. Das war so ein Moment.

»Aber wir …«, setzte ich an.

Herr Knarz hob die Hand. Sein Blick erinnerte mich daran, dass ich die Ameise war. Ich verstummte. Mein Satz hing in der Luft. Und hängt da noch heute. Wieder ein Satz für den Friedhof.

»Eure Rucksäcke! Zeigt mir, was da drin ist!«

Oje. Jetzt war die Kacke mächtig am Dampfen. Heimlich im Schulhof zu spielen war eine Sache. Mit der *Nerf* auf dem verbotenen Schulhof zu spielen, eine andere. Ich wusste: Meine letzte Stunde hatte geschlagen. Jetzt würde Direktor Klinger mich von der Schule schmeißen.

»Habt ihr Tomaten auf den Ohren?«

Erst hob Ali seinen Rucksack vom Boden vor dem Eisengitter auf. Dann Tom. Dann Tobi.

Ich sah mich um. Aber mein Rucksack war weg.

Ich bekam kaum mit, wie Herr Knarz die *Nerfs* konfiszierte. Eine nach der anderen zog er aus den Rucksäcken raus. Und jedes Mal sagte er: »Ein Verweis für dich, einer für dich und einer für dich.« Als verschenkte er Eiskugeln.

Ali, Tom und Tobi wurden noch kleiner. Miniameisen. Ali war den Tränen nahe. Seine Mutter war strenger als der Bundeskanzler. Das gab mindestens drei Monate Hausarrest.

Tom war rot wie die Tomate, die er auf den Ohren hatte.

Tobi presste die Zähne aufeinander.

Und ich suchte noch immer meinen Rucksack.

»Wo ist deine Schultasche?«, fragte Herr Knarz.

»Die … äh … ich weiß nicht. Hab ich nicht«, sagte ich. Auch wenn es mir schleierhaft war. Ich zeigte auf den Boden. Er musste ihn verschluckt haben.

Herr Knarz schob seinen Unterkiefer vor. Er kaute auf

einem unsichtbaren Kaugummi, als überlegte er. Und während er kaute und überlegte, wurde mir klar, was das bedeutete. Er hatte keine Beweise gegen mich. Ohne *Nerf* kein Verweis. Und ohne Verweis kein Schulausschluss.

Das war meine Chance! Jetzt nur nichts verkehrt machen. Mir kamen die Worte des Polizisten in den Sinn.

*»Duplo und Oreo!«*, sagte ich schnell. So ähnlich klang das doch, oder? Es war jedenfalls irgendwas mit Schokoriegeln.

»Was?«, blaffte mich Herr Knarz an.

*»Im Zweifel für den Angeklagten!«*, schob ich hinterher. Anscheinend konnte Herr Knarz kein Latein, sonst wüsste er ja, wovon ich sprach.

Wieder kaute Herr Knarz an seiner Unterlippe. Er überlegte.

»Diesmal hattest du Glück. Nächstes Mal erwisch ich dich«, sagte er. »Ihr drei kommt mit. Und dich«, sein Zeigefinger bohrte sich in meine Brust, »dich behalte ich im Auge!«

Ali, Tom und Tobi schauten mich an.

»Waaas? Aber, aber, aber … das ist unfair!«, beschwerte sich Tom. Sie konnten es nicht fassen. Ich, Johnny, hatte keine Strafe bekommen. Aber Herr Knarz schleppte ihn und die anderen erbarmungslos zu Direktor Klinger.

Ungläubig blickte ich ihnen nach. Noch immer konnte ich mein Glück nicht fassen. Bevor er ins Schulhaus trat, drehte Tobi sich noch einmal um. Und verharrte.

Denn das war der Moment, in dem Zaki aus dem Gebüsch trat.

Und mir meinen Rucksack gab.

# Der Anfang vom Ende

»Hallo, Johnny.«

Mir fiel die Kinnlade runter. Ich sah mich um. Wollte Zaki zu mir? Woher hatte er meinen Rucksack?

»Stecken deine Freunde jetzt in Schwierigkeiten?« Lässig schnippte er die Kette von Finger zu Finger.

Ich nickte. Sie waren jetzt im Schulhaus verschwunden. »Sie kriegen einen Verweis.« Ich hatte immer noch Herzrasen. »Woher hast du meinen Rucksack? Wie …?«

Zaki winkte ab. »Glaub mir, auf der Straße lernt man, sich unsichtbar zu machen. Und Sachen verschwinden zu lassen.«

»Was meinst du mit ›auf der Straße‹?«

»Ist egal. Ist Vergangenheit. Jetzt ist alles anders. Hier herrscht Frieden. Aber manche Sachen verlernt man nicht.«

Da war es wieder. Das Dunkle in seinen Augen, das er versteckte.

»Du warst auch im Krieg?«, sagte ich.

Überraschung huschte über Zakis Gesicht. Dann versteinerte es. Er zog die *Nerf* aus meiner Schultasche.

»Du solltest die Finger von Waffen lassen. Die bringen dich nur in Schwierigkeiten.«

Da hatte er wohl recht.

Auf einmal schämte ich mich. Wir spielten Krieg – und in Amins Heimat starben Menschen.

Zaki zielte auf den Baum und schoss.

»Lustiges Spielzeug«, sagte er.

»Sie gehört nicht mir. Sie gehört Tobi«, sagte ich, als würde das irgendwas ändern.

»Da, wo ich herkomme, herrscht Krieg. Sogar Kinder müssen kämpfen, nicht nur Erwachsene. Sie werden gezwungen, andere zu erschießen. Wenn du mal einen getötet hast, dann bist du da drin kaputt.« Er drückte seine Faust an seine Brust. »Das vergisst du nie.«

Ich sah Zaki an. Ich schluckte. Ich fragte mich, ob er aus eigener Erfahrung sprach.

Zaki steckte die *Nerf* wieder in meinen Rucksack.

»Eigentlich wollte ich fragen, wie es dir geht. Du weißt schon, wegen dem da?« Er zeigte mit dem Kinn auf meinen Rücken.

Da war er wieder. Dieser besorgte Ausdruck auf seinem Gesicht. War er den ganzen Weg hierhergelaufen, um zu fragen, wie es mir geht?

»Die kleinen Kratzer? Ist doch Pillepalle«, sagte ich. Ich schulterte den Rucksack, um zu beweisen, dass mir nichts wehtat. Aber es brannte höllisch.

»Bist du sicher?«, fragte er. Er schien sich ernsthaft Sorgen zu machen.

Ich nickte. Diesmal verzog ich nicht das Gesicht. Ich wollte nicht, dass er sich wegen mir mies fühlte. Schließlich war das alles meine Schuld gewesen. Außerdem hatte Amin ihm vertraut. Das machte uns zu Verschworenen. Auf einmal wollte ich unbedingt wissen, was für ein Mensch Amin war.

»Du kennst Amin doch. Wie ist er denn so?«, fragte ich. »Ich meine, ist er witzig oder so?«

Zaki sah mich an. »Ja und Nein.«

Ich wartete. Aber er sagte nichts mehr.

»Okaaay«, sagte ich gedehnt. »Wie dann?«

»Wenn du alles verlierst, was du hast – dein Haus, deine Eltern, deine Geschwister, deine Heimat –, dann verlierst du auch dich selbst. Vielleicht ist Amin mal witzig, lustig, cool gewesen. Keine Ahnung. Aber so ein Krieg, so eine Flucht verändern jeden. Wenn du Glück hast, findest du Freunde, die dir helfen, wieder du selbst zu werden. Aber Amin hat keine Freunde.«

Er drehte sich um, steckte seine Hände in die Hosentaschen und schlenderte davon. Ich blickte ihm nach. Er verschwand hinter der Ecke. Und ich hatte mich noch nicht mal bei ihm bedankt, dass er mich vor dem Verweis gerettet hatte. Auf einmal waren alle Zweifel weg. Ich war mir hundertpro sicher: Zaki hatte Amin *nicht* entführt.

Aber wo war er dann? Mein Bauch zog sich zu einem großen Klumpen zusammen. Es musste etwas Schlimmes passiert sein. Und was konnte schlimmer sein, als entführt zu werden?

»Ich schwöre, ich hatte keine Ahnung«, verteidigte ich mich, während Tobi, Ali und Tom auf mich einredeten. Ich hatte vor der Schule auf sie gewartet.

»Wer war der Typ?«, wollte Ali wissen. Seine Augen waren noch rot vom Weinen.

Jetzt fühlte ich mich auch noch schuldig, weil ich keinen Verweis bekommen hatte!

»Ich kenn ihn nicht richtig. Er arbeitet in einem Blumenladen.«

»Wieso war der überhaupt hier?« Tobi verschränkte die Arme vor der Brust.

»Keine Ahnung. Woher soll ich das wissen?« Ich fühlte mich in die Ecke gedrängt. Langsam wurde das Lügen zur Gewohnheit.

»Ach ja? Und warum hat er nur deinen Rucksack genommen? Warum hat er unsere liegen gelassen!«

*Bäng!* Ich starrte Tobi an. War das sein Ernst? Klar, er war sauer. Aber das war jetzt echt fies. »Spinnst du jetzt? Wessen Idee war es denn, *Nerf* zu spielen?«, sagte ich.

»Ich weiß nicht, was mit dir los ist. Aber ich find's scheiße«, sagte er, drehte sich um und ging.

»Ich will nicht nach Hause. Meine Mama wird mich für den Rest meines Lebens einsperren.« Wieder schossen Tränen in Alis Augen.

»Soll ich mitkommen?«, bot ich ihm an. Als Anführer musste man in der Not für seine Leute da sein. Und Tobi würde sich schon wieder einkriegen.

»Nee«, sagte er und schniefte. »Wenn sie dich sieht, wird's nur noch schlimmer.«

»Wieso das denn?«

»Na, weil … du weißt schon. Du bist halt Johnny.«

Ja, logisch. Jetzt war alles klar. Nee, im Ernst. Ich verstand gar nichts mehr. Ali guckte auf den Boden. Er kratzte sich verlegen.

»Ist … ist … ist doch logisch«, sagte Tom jetzt. »Weil, du weißt schon, er hat immer …«

Ich boxte Tom in die Seite, damit sich die Knoten lösten.

»Na, immer wenn er was angestellt hat, hat Ali gesagt, dass du es warst«, sagte er jetzt.

»Du doch auch! Und es stimmt ja auch. Irgendwie«, wehrte sich Ali.

Ich konnte es nicht fassen. »Das war doch gar nicht meine Idee mit den *Nerfs*!«, rief ich.

»Ist doch egal. Alles ist voll mies. Ärger kriegen wir jetzt alle«, sagte Tom.

»Ja, alle bis auf Johnny«, sagte Ali und sah mich an, als sei es meine Schuld, dass ich keinen Verweis bekommen hatte und er schon.

Ali und Tom schulterten ihre Rucksäcke und trotteten nach Hause.

Ich blieb alleine zurück. Und ich hatte das doofe Gefühl, dass das der Anfang vom Ende war.

# Superhelden stiehlt man nicht

Auf dem Nachhauseweg ließ ich mir Zeit. Ich hatte keinen Bock auf Eltern und Geschwister. Ich hatte keine Lust auf nichts. Wie von allein trugen mich meine Beine zum Klotz. Das Außengelände war leer. Keine Kinder, die auf dem Kiesplatz spielten. Keine Erwachsenen. Ich setzte mich auf eine Stufe, nahm Amins Tagebuch und blätterte.

Matteo sagt, dass wir alle in Unterkunft weg müssen. Sein Vater will uns nicht in Nähe von sein Haus. Er hat sich bei die Stadt beschwert. Er sagt, seit wir hier sind, wird viel geklaut. Und es ist immer laut und alles kaputt. Das stimmt nicht.

Matteos Vater ist groß. Und er macht andere Menschen klein. Auch Matteo. Vielleicht ist Matteo deshalb so gemein zu allen.

Ich musste lachen, als ich Matteo sah. Zugleich wurde ich wütend. Matteos Vater wollte Amin und Ava und all die anderen Menschen im Klotz von hier vertreiben? Ich sah mich um. Es war nicht lauter oder schlimmer als sonst wo. Sollte Matteos Vater doch mal zu uns an die Schule kommen – zum Beispiel aufs Schülerklo –, dann wüsste er, was wirklich eine Sauerei ist.

Anscheinend schob er die Schuld gerne anderen in die Schuhe. Genauso wie Ali.

Ich blätterte weiter.

Ich träume viel. Ich habe Angst zu schlafen. Dann sehe ich kaputtes Haus. Und wir rennen. Madar hat Fasila an Hand. Fasila weint. Padar, Adil und Dalir sind vor mir. Dann viele Menschen, die schreien. Und Blut. Und ein Bombe. Plötzlich sind Madar und Padar weg. Jemand nimmt mich und trägt mich weg. Dann ich suche alle. Aber ich kann nicht finden. In jede Traum ich suche. Aber nie ich finde sie.

Ich weiß nicht, ob unser Haus noch da ist. Und mein Bett. Und mein Bücher. Und die Ziege. Wer wohnt jetzt da? Oder ist alles kaputt? Auf Flucht ich habe viele Häuser gesehen, die keine Seele haben. Ich glaube nicht, dass jemand darin wohnen wird. Nie wieder.

Am meisten Angst hatte ich vor Boot. Ich kann nicht schwimmen. Und Wasser war tief. Einmal ist ein Mädchen reingefallen. In Nacht. Wir alle haben auf Wasser geschaut und gesucht. Aber sie war weg. Die Mutter hat geschrien. Immer wieder. Und geweint. Ganze

Nacht. Ich konnte ganze Nacht nicht schlafen. Und ich habe an Madar gedacht. Und die anderen.

Plötzlich setzte sich jemand neben mich. Schnell versteckte ich das Büchlein.

»Ich hab es gesehen!«, sagte Ava. »Du stiehlst seine Gedanken. Das darf man nicht!«

»Ich kann sowieso vieles nicht lesen. Wegen der Geheimschrift.«

»Das ist keine Geheimschrift!«, sagte Ava und lachte.

»Für mich schon!« Ich lachte auch.

»Was steht drin?«, fragte sie.

Ich tat empört. »Man darf doch keine fremden Sachen lesen!«

»Ich lese auch nicht. Du erzählst es mir«, antwortete Ava mit einem Funkeln in den Augen.

Logisch, dachte ich und musste grinsen. Sie war fast so gerissen wie ein *Sheriff*. Ich blätterte das Buch auf.

»Na gut.« Ich tat, als würde ich lesen. *»Ava hat eine große Nase und zwei Pickel …«*

Ihre Augen wurden erst groß, dann boxte sie mich gegen die Schulter.

»Du mogelst!« Jetzt lugte sie neugierig rüber. »Da steht was ganz anderes!«

Sie sah auf die Zeichnung, in der Maskboy die Rakete abwehrte.

»Weißt du, dass Amin ein Superheld ist?«, fragte ich.

»Ja, wieso?«, sagte Ava.

Wortlos starrte ich sie an. Schachmatt in einem Zug. Anscheinend war es sonnenklar. Nur mir nicht. Und der Klasse. Und der Welt da draußen. Für die war Amin unsichtbar. Jemand, der sich auf dem Klo versteckte.

»Okay. Dann ist auch klar, dass er nicht entführt wurde. Niemand entführt einen Superhelden. Weißt du, wo er sein könnte?«

»Jemand hat ihn gestohlen.«

»Nein«, widersprach ich. Es war alles noch viel rätselhafter. Denn Zaki hatte ihn nicht entführt. Und niemand verschwand ja wohl freiwillig. Einfach so. Von einem Tag auf den anderen. Und klingelte vorher noch bei mir. Und sagte, es sei wichtig.

»Kennst du Zaki?«

Ava nickte.

»Er sagt, die Kinder werden nicht geklaut. Sie müssen zurück in das Land, aus dem sie geflohen sind. Sie dürfen nicht hierbleiben. Sie werden abgeholt und zurückgeschickt. Aber Zaki sagt, Amin ist nicht zurückgeschickt worden.«

Ava starrte mich an. Plötzlich wurden ihre Augen groß und nass wie braune Schokopfützen. »Wir müssen zurück?«, rief sie. »Aber … aber das geht nicht!« Sie war aufgesprungen und starrte über die Schwelle.

Ich öffnete den Mund und schloss ihn wieder. Ich Knalltüte! Was hatte ich angerichtet? Ich hatte alles nur noch schlimmer gemacht. »Vergiss es. Vielleicht stimmt's auch nicht. Vielleicht hat Zaki das nur so gesagt«, versuchte ich, es wieder glattzubügeln.

Doch insgeheim wusste ich: Irgendwann würde Ava genauso von hier verschwinden. Und dann wäre es, als wäre sie nie hier gewesen. Ich schluckte. In der Ferne läuteten Glocken. Ich musste nach Hause. Bevor es wieder Ärger gab. Oder bevor aus Avas Augen noch größere Pfützen wurden. Ich schulterte meinen Rucksack.

Ava hielt mich am Arm zurück. »Soll ich dir ein Geheimnis verraten?«

Etwas in ihrer Miene machte mich stutzig.

»Jaaa …?« Es war mehr eine Frage als eine Antwort.

»Papa sagt, wir kriegen eine Wohnung. Und ich mein Zimmer. Nach Weihnachten. Aber ich darf es noch keinem verraten.« Plötzlich strahlte sie. »Wer eine Wohnung hat, verschwindet nicht, oder?«

»Ich glaube nicht.«

Jetzt lachte Ava. »Kommst du mich dann besuchen? Versprochen?«

»Logisch«, sagte ich. Und wunderte mich. Denn es war noch nicht mal gelogen. Ich meinte es ernst.

# Aus die Maus

Auf dem Nachhauseweg hatte ich meinen Ärger mit den *Sheriffs* fast vergessen. Fast. Ich freute mich, dass ich vom Knarz keinen Verweis bekommen hatte. Doch dann dachte ich an Tobi. Er nahm es mir übel.

Niko spielte auf der Straße vor dem Haus mit einem Nachbarsjungen. Er war oft bei ihm zu Hause, weil er irgendwelche Krabbeltiere züchtete. Zwischen ihnen stand ein Schuhkarton. Ich ging an ihm vorbei und sperrte auf.

»Wo ist Mama?«, fragte ich.

»Schuhe kaufen. Meine hat jemand geklaut. Aus der Wohnung!«, sagte er. Ich bekam ein schlechtes Gewissen. »Ich bin der Anführer der *Sheriffs*! Bleibt, wo ihr seid, oder ihr müsst alle sterben!«, sagte Niko und drückte mit dem Daumen auf eine Ameise, die aus dem Karton abgehauen war. Jetzt sah ich, dass es darin von den Dingern wimmelte.

»Was machst du da?«, fragte ich und drehte mich in der Tür um. Meine Laune war unterirdisch.

»Wir töten unsere Feinde! Jetzt gibt es Batschekikus!«, erklärte Niko. Er hob den Daumen erneut. Sein Ziel war eine Ameise, die mühsam einen Brotkrümel schleppte. Ich ließ die Haustür zuknallen und hielt seinen Arm fest.

»Hör sofort auf!«, zischte ich.

»Lass mich los!«, rief Niko. Der Nachbarsjunge duckte sich ängstlich. »Du sagst doch immer, man muss seine Feinde niedermachen. Und das mach ich jetzt.«

»Aber doch nicht in echt!«

»Das ist doch nur eine Ameise«, sagte Niko.

Ich ließ Niko los. »Die Ameise heißt Bob. Sie ist zwei Jahre alt und freut sich, dass sie ihren ersten Brotkrumen gefunden hat. Die anderen lachen sie immer aus. Und lassen sie nie mitmachen. In der Ameisenschule sitzt sie immer alleine. Aber jetzt will sie den anderen zeigen, dass sie auch etwas kann.«

Ich ließ Niko stehen, ging ins Haus und knallte die Tür hinter mir zu.

Daheim aß ich zu Mittag. Danach sperrte ich mich in meinem Zimmer ein. Man wusste nie, wann Niko reinplatzen würde. Ich öffnete den Rucksack. Da war noch Tobis *Nerf*. Gleich wurde ich wieder wütend. Auf Tobi, Ali und Tom. Es war unfair. Sie feierten mich als ihren Anführer nur, wenn ich eine Strafe bekam. Oder etwas Dummes machte. Aber wenn ich keinen Ärger bekam, nahmen sie es mir übel. Wütend pfefferte ich die *Nerf* in eine Ecke. Unten in meinem Schulranzen schimmerte Amins Büchlein. Ich tastete nach dem Schlüssel in meiner Hosentasche und sperrte es auf. Aus irgendeinem Grund fühlte es sich tröstlich an. Gleichzeitig fühlte ich mich wie ein Hacker. Einer, der sich illegal in Amins Gedanken einloggte.

Johnny hat viele Freunde. Aber daheim bei uns sind Freunde anders. Wenn jemand Ärger kriegt, alle halten zusammen. Zu Johnny hält nie jemand. Nicht mal die Sheriffs.

Pah! Ich pfefferte das Buch in eine Ecke. Was hatte Zaki gesagt? *Amin schaut den Menschen ins Herz.* Aber mein Herz gehörte mir! Da hatte niemand drin zu schnüffeln!

Ich schmollte. Doch irgendwann siegte meine Neugierde. Ich nahm das Tagebuch wieder in die Hand.

Johnny weiß bestimmt Hilfe. Manchmal ich wünsche, ich kann ihn fragen. Er lässt sich nicht unterkriegen.

Amin wollte meine Hilfe? Pah, ich konnte meine Hilfe gerade selbst gut gebrauchen. Wieder starrte ich den Satz an. Er nagte an mir.

Sag schon, was wolltest du mich fragen?!, rief ich Kopf-Amin in Gedanken zu. Hast du deshalb bei mir geklingelt?

Aber niemand antwortete. Gefrustet machte ich das Licht an. Es wurde schon früh dunkel. Ich schaute auf die Uhr. Mist, das Training. Schnell stopfte ich das Notizbuch in mein Geheimfach zwischen Bett und Wand. Zum Glück waren die Trainingssachen noch in der Sporttasche. Sie muffelten etwas, aber egal.

Unten an der Haustür begegnete ich Mama. »Bin beim Fußball«, sagte ich und rannte hinaus.

Niko baute mit dem Nachbarsjungen gerade ein Mini-Iglu aus Schnee. Nicht größer als eine Faust.

»Guck mal, Johnny. Ihr neues Zuhause, eine Ameisenhöhle«, rief er mir zu. Und ich hörte ihn noch sagen: »Wir brauchen noch mehr Brot.«

Tobi war nicht beim Training. Bestimmt hatte er wegen des Verweises mächtig Ärger bekommen. Ich wollte nicht in seiner Haut stecken.

Dafür war Matteo da. Und er war nicht allein. Sein Vater sah ihm zu. Immer wenn Matteo am Ball war, schrie und fluchte er.

»Pass besser auf, Matteo! Bist du blind?«, rief er. Oder: »Sei nicht so faul, lauf schneller!«

Nach dem Training ging Matteo hochrot an mir vorbei. Er würdigte mich keines Blickes. Sein Vater warf ihm die Tasche vor die Füße und sagte: »Wer zu dämlich ist, einen Ball ins Tor zu schießen, sollte nicht Fußball spielen.«

Ich fragte mich, ob er damit Matteo meinte oder alle anderen. Aber es war auch egal. Amin hatte recht. Matteos Vater war ein Riesenochse und machte alle anderen klein. Genauso wie Matteo. Und ein Lügner war er obendrein. Aber weil er erwachsen war, glaubten die Leute seine Lügen über den Klotz und die Menschen dort.

Nach dem Abendessen musste ich meine Strafarbeit machen. Mama bestand darauf, dass ich sie im Wohnzimmer schrieb. Sie wollte mich beobachten. Jetzt brütete ich darüber schon zwanzig Minuten. Aber mir fiel nichts ein, warum man nicht zu spät kommen sollte. Wer hatte sich das überhaupt ausgedacht: Pünktlichkeit? Gäb's die nicht, gäbe es auch keine Unpünktlichkeit. Und keine Strafarbeit da-

rüber. Irgendwann kritzelte ich irgendwas ins Heft. Danach schlüpfte ich schnell ins Bett.

»Nanu, seit wann gehst du freiwillig ins Bett?« Mama steckte ihren Kopf ins Zimmer und fuhr ihre Antennen aus. Die CIA war ein Haufen Amateure im Vergleich zu ihren paranormalen Fähigkeiten.

»Bin müde«, schummelte ich. Kaum war sie weg, schloss ich die Tür und knipste heimlich das Licht an.

Heute früh bin ich wieder bei Frau Bodler. Sie ist nett. Und sie mag Tiere. Aber keiner mag sie. Ich weiß nicht, warum. Bestimmt saß neben sie auch nie jemand.

Vielleicht alle haben Angst vor ihr, weil sie denken, dass sie im Gefängnis gearbeitet hat. Es ist immer so. Einer erzählt was, und alle glauben es. Wie mit dem Stehlen.

Es war schon nach Mitternacht. Plötzlich kam Papa rein, um nach dem Rechten zu sehen. Ich knipste das Licht schnell wieder aus und stellte mich schlafend. Eltern haben einen siebten Sinn für Unsinn. Das ist so fies.

In der Nacht schlief ich schlecht. Deshalb war ich voll mies drauf, als Mama plötzlich ins Zimmer platzte.

»Es ist schon zehn vor acht. Du musst los!« Panisch stopfte sie mich in die Winterjacke, stülpte mir meine Mütze über die Augen und presste die Strafarbeit in den Rucksack. Sie hatte Panik, dass ich wieder eine Strafarbeit bekommen könnte. Dabei würde *ich* sie ja machen müssen, nicht sie.

Die Kreuzung war leer. Kein Tobi. Vielleicht war er schon vorgegangen. Vielleicht hatte er gar nicht erst gewartet.

In der Schule saß Tobi schon auf seinem Platz. Er guckte mich nicht an. Und auch in der Pause nicht. Und auch nicht nach der Schule. Ich hätte genauso gut allein dasitzen können.

Ich schielte zu Amins leerer Bank. So war es ihm also immer ergangen. Ich rief mir in Erinnerung, was er ins Buch geschrieben hatte.

Vielleicht nächstes Jahr.

Auch Tom und Ali waren ungewohnt still.

»Treffen wir uns heute?«, fragte ich Tom zwischen Mathe und Deutsch.

»Also … ich … weißt du …«, stammelte er. Ali boxte ihn in die Seite. »Ich hab keine Zeit.«

Er log. Ich sah es ihm an der Nasenspitze an.

Das war's. Keine Schneeballschlacht. Keine Jagd durchs Klassenzimmer. Vielleicht hätte ich es da schon wissen müssen. Aber irgendwie hab ich es da noch nicht gerafft.

Erst am nächsten Tag, als ich an die Kreuzung kam und

Tobi mit Matteo sah, kapierte ich. Sie gingen zusammen in die Schule und kickten die Limodose.

Es gab kein Tobi und Johnny mehr.

Es gab keine *Sheriffs* mehr.

# Gerüchte

So eine Kacke, denkst du jetzt. Ja, das denke ich auch. Und vor allem voll langweilig. Ich glaube, Schule war noch nie so öde. Ich ging alleine hin. Ich ging alleine zurück. Niemand lachte mehr im Unterricht. Klar, ich machte auch keine Witze mehr. Jetzt hätte ich alle Zeit der Welt für Strafarbeiten gehabt. Aber sogar die gab's nicht mehr.

Tobi und Matteo hingen jetzt ständig zusammen ab. Und Matteo warf mir immer diese Blicke zu, die sagten: *Siehst du, Loser! Gegen mich kommt keiner an!*

Mir doch schnuppe. Aber so ganz egal war es mir nicht. Das Schlimmste war, als Alis Mutter daheim anrief. Meine Mama schickte mich aus dem Wohnzimmer, aber natürlich lauschte ich. Alis Mama schrie in den Hörer. Sogar ich konnte sie hören. Sie faselte etwas von »Ihr Sohn ist schuld« und »schlechter Einfluss« und »Verweis«.

Mama hörte die ganze Zeit geduldig zu. Und dann, am Ende, sagte sie nur mit ganz klarer Stimme: »Es tut mir leid, dass Ali einen Verweis bekommen hat. Aber das hat er einzig sich selbst zu verdanken. Sie sollten mal mit Ihrem Sohn sprechen. Er kann die Schuld für seine Fehler nicht Jonas in die Schuhe schieben.«

Plötzlich war es still am anderen Ende. Mama verabschiedete sich und legte auf. Und ich huschte schnell in mein Zimmer.

Um Mitternacht knipste ich das Licht an und holte unter meinem Kissen Papas Handy raus, das ich mir geschnappt hatte. Um Mitternacht schläft nämlich auch der siebte Sinn meines Papas. Ich öffnete die Übersetzungs-App und las. Aber nicht lange, weil ich zu müde war.

در کشور من مکتب‌ها بسته شدند. ما دیگر اجازه نداشتیم به مکتب برویم، چون بسیار خطرناک بود. عدیل از این خاطر خوش بود، اما من نه. من مکتب رفتن را دوست داشتم و حالا دلتنگ دوستانم هستم. ما با هم اوقات خوشی داشتیم و همیشه می‌خندیدیم، تا جایی که گاهی معلم صاحب سرمان قهر می‌شد. حتی یک بار مرا از صنف بیرون کرد، چون هر کاری می‌کردم، نمی‌توانستم جلوی خنده‌ام را بگیرم.

Zu Hause hat die Schule geschlossen. Wir durften nicht mehr hingehen, weil es zu gefährlich war. Adil hat sich darüber gefreut, ich nicht. Ich bin gerne in die Schule gegangen und ich vermisse meine Freunde. Wir hatten Spaß und haben viel gelacht. Manchmal war der Lehrer deshalb wütend. Einmal hat er mich sogar nach Hause geschickt, weil ich immer lachen musste und nicht aufhören konnte.

Ich musste grinsen. Dabei war mir zum Heulen zumute. In der Nacht träumte ich von Amin. Er sah aus wie Maskboy.

Wir waren in der Schule und mussten die ganze Zeit lachen. Frau Beckbaum schimpfte, die *Sheriffs* waren sauer. Aber uns war es egal.

Am nächsten Tag ließ ich mir Zeit auf dem Schulweg. Ich wollte Tobi und Matteo nicht begegnen. Fast wäre ich zu spät gekommen. Ich setzte mich auf meinen Platz. Ich schaute Tobi nicht an.

In der Pause kaufte ich mir eine Breze. Ich hatte gar keinen Hunger. Eher so aus Langeweile. Was soll man sonst tun in der Pause?

Ali sprach seit dem Telefonat kein Wort mehr mit mir. Und Tom sprach nicht mit mir, weil Ali nicht mit mir sprach. Und Tobi, der hing jetzt mit Matteo ab.

»Na, Johnny«, blaffte Knasti-Bodler mich an. Alle anderen um mich duckten sich. Es konnte nichts Gutes bedeuten, wenn sie jemanden im Visier hatte. »Hast du es dir überlegt?«

Ich guckte verwirrt. Ich war müde. Ich hatte wenig geschlafen. Wegen Amin und wegen der *Sheriffs,* die es nicht mehr gab.

»Ob du mir am Freitag aushilfst?«, half sie mir auf die Sprünge.

»Ich … äh …« Nö, hatte ich nicht. Und mal ehrlich: Wer war schon so lebensmüde und begab sich freiwillig unter Knasti-Bodlers Fuchtel? Nur ein Depp!

Frau Bodler ist nett.

»Na gut, ich mach's!«, hörte ich mich Deppen sagen.

»Gut, und wehe, du kommst spät!«, donnerte sie.

Ich seufzte. Wo hatte ich mich jetzt wieder hineingeritten? Andererseits konnte ich so Matteos blödem Grinsen aus dem Weg gehen, wenn er mit Tobi in der Frühe an mir vorbeiging. Und mal ehrlich – was anderes hatte ich auch nicht zu tun, seit es die *Sheriffs* nicht mehr gab.

Am nächsten Tag stand ich Punkt halb acht vor dem Kiosk, schmiss meinen Rucksack in eine Ecke und fing an zu kehren.

»Heute ist nicht Freitag, du bist umsonst gekommen«, sagte Knasti-Bodler.

»Ist egal«, sagte ich.

»Ich kann dich nur für Freitag bezahlen.«

»Ist egal«, sagte ich wieder und kehrte weiter. Ich wollte all die doofen Gedanken aus meinem Kopf kehren.

Knasti-Bodler warf mir komische Blicke zu. »Hast du Ärger mit dem Halbstarken?«, fragte sie.

Es dauerte einen Augenblick, bis ich verstand, dass sie Matteo meinte.

»Er hat Amins Schuhe geklaut. Und mir meine Freunde. Und jetzt will er mir auch noch mein Leben klauen!«, sagte ich niedergeschmettert. Keinen Moment dachte ich daran, dass Knasti-Bodler mich verstehen würde. Aber egal. Ich musste es einmal laut aussprechen. Besser ging es mir trotzdem nicht.

Plötzlich stand er da. Matteo. Ich hörte auf zu kehren. Wir starrten uns an. Er zeigte auf die Leberkäsesemmel.

»Mit Ketchup«, sagte er.

Ich machte den Mund auf, da hörte ich Knasti-Bodler blaffen:

»Das ist schon reserviert.«

Matteo starrte sie mit offenem Mund an. Ich auch.

»Schließ den Mund wieder – oder willst du Fliegen fangen?«, schnauzte sie Matteo an.

Matteos Kopf wurde rot. Schnell biss er die Zähne aufeinander. »Ist die auch für Amin? Auf den könnt ihr warten, bis ihr schwarz werdet. Der taucht nicht mehr auf. Der ist weg. Für immer«, schnaubte er. Er ließ die Bodler stehen. Ich wollte mich schon umdrehen, da sah ich, wie er heimlich eine Hand ausstreckte und ein Salamibrötchen mitgehen ließ. Erschrocken drehte ich mich zur Bodler um. Aber die bediente bereits ein anderes Kind. Sie hatte davon nichts mitbekommen.

»Warum haben Sie das gemacht? Jetzt ist Ihnen der Gewinn für die Semmel entgangen!«, fragte ich sie, als das Kind weg war.

»Ich kann aufgeblasene Gockel wie den nicht leiden«, antwortete sie. »Außerdem ist das mein Kiosk, und ich bestimme, wem ich was verkaufe.« Sie griff nach einem Stück Käse und ließ es wie zufällig auf den Boden fallen. In dem Moment erhaschte ich einen Blick auf eine Maus, die mit dem Käse unter einen Schrank türmte.

Sie mag Tiere.

»Was hat er gegen Amin?«, fragte ich.

»Ich sag dir mal was. Und merk es dir gut.« Die Bodler warf einen Lappen über ihre Schulter. »Wenn erst mal ein Gerücht an dir klebt, kriegst du es nur mühsam wieder weg. Das ist schlimmer als Schneckenschleim. Ich weiß, wovon ich spreche! Und an einem Jungen wie Amin kleben viele Gerüchte. Solange er keine Stimme hat, mit der er sich verteidigen kann, nutzen Blödmänner wie der das aus.«

Mit diesen Worten kehrte sie mir ihren großen, breiten Rücken zu. Und ich kapierte zwei Sachen. Dass Amin nie die Chance gehabt hatte, seine Stimme zu erheben. Und dass Zaki recht gehabt hatte, als er sagte, dass Amin den Leuten ins Herz blicken konnte. Amin hatte Knasti-Bodler längst durchschaut. Die ganze Knastgeschichte hatte jemand erfunden.

»Die Gefängnisgeschichte stimmt gar nicht! Sie haben nie im Knast gearbeitet«, konfrontierte ich sie mit meinem Verdacht.

Frau Bodler drehte sich so heftig um, dass ich zurückwich. »Sei still! Oder willst du mich auffliegen lassen?«

»Was?«, fragte ich verwirrt. »Aber … aber das ist doch ein gemeines Gerücht!«

Frau Bodler schwieg.

»Warum tun Sie nichts dagegen? Sie müssen die Wahrheit sagen. Niemand mag Sie! Sogar der Direktor hat Angst vor Ihnen!«

Ups. Das war mir so rausgerutscht. Vorsichtshalber zog ich den Kopf ein.

Aber Frau Bodler sah mich nur an und sagte: »Sollen sie nur Angst haben. Mir ist es recht. Was sollen die Leute mit der Wahrheit, wenn sie damit nicht umgehen können? Und sie glauben sowieso nur, was sie glauben wollen.«

»Dann macht es Ihnen nichts aus, dass die Leute Sie ›Knasti-Bodler‹ nennen und Lügen erzählen?«

»Nein, ich finde es sogar praktisch. Im Gegensatz zu Amin habe ich eine Stimme, eine sehr laute noch dazu. Ich habe entschieden, was für mich richtig ist. Aber Amin hat sicherlich nicht gewollt, dass man ihn einen Dieb nennt, Lügen über ihn erzählt und dass man ihn ausgrenzt. Und deshalb ist es nicht richtig.«

Mit dem Kopf voller Gedanken ging ich die Treppe hinauf zum Unterricht. Dort stand Matteo. Er hing mit Tobi, Ali und Tom herum. King und Kong hatte er den Laufpass gegeben, sie waren ihm jetzt nicht mehr nützlich. Ich sah sie manchmal in der Pause herumstehen. Es schien, als wüssten sie seitdem nicht mehr, wohin mit sich. Matteo sah mich an und biss demonstrativ in das Salamibrötchen, das er hatte mitgehen lassen. Frau Bodler mochten die Gerüchte vielleicht nichts ausmachen, aber sie zu bestehlen war trotzdem nicht in Ordnung!

»Gib das Geld her!«, sagte ich zu Matteo.

»Spiel dich nicht so auf, du Flasche. Du bist kein *Sheriff* mehr. Ich bin jetzt der Anführer. Stimmt's?« Er schaute zu Tobi.

Mein Herz rutschte mir in die Socken. Ich hatte es geahnt. Aber es zu hören, war viel schlimmer.

Ich blickte zu Tobi. Ich wollte, dass er sagte: Nee, ist nur ein Witz, Johnny. Aber er sah auf den Boden. Auch Tom und Ali sagten nichts. Matteo hatte erreicht, was er wollte. Ich spürte einen heißen Stich. Da irgendwo neben dem Herzen.

Ich dachte an Amin. Ich dachte an Ikarus. Die *Sheriffs* waren keine Freunde. Waren sie nie gewesen. Sonst hätten sie mich nicht fallen gelassen. Sonst hätten sie sich nicht auf Matteos Seite geschlagen.

Amin hatte es gewusst. Weil der den Leuten in ihre bescheuerten Herzen sah.

Johnny ist mutig. Er lässt sich nicht unterkriegen.

Auch das hatte Amin gesagt. Und ich war immer noch Johnny, oder nicht?

Ich baute mich vor Matteo auf. Ich sah ihm direkt in die Augen. Ich stellte mir vor, dass Matteo sich gleich vor Schiss in die Hosen machen würde. Ich sagte:

»Schöne Grüße von Knasti-Bodler. Ich soll dir sagen, dass sie es kaum erwarten kann, dir im Knast das Frühstück vorbeizubringen. Und dort landest du, wenn du ihr das Geld nicht gibst. Sie wird höchstpersönlich dafür sorgen.«

Das war gelogen. Die Bodler wusste von dem Diebstahl nichts. Aber hatte sie es nicht selbst gesagt: *Es spielt keine Rolle, was die Wahrheit ist. Es spielt nur eine Rolle, was die Leute glauben.*

Ich sah, dass Matteo blass wurde. »Wenn du artig bist, gibt es neben Wasser und Brot vielleicht auch mal eine Scheibe Salami«, setzte ich noch einen drauf.

»Das war nicht meine Idee. Die sind schuld.« Er zeigte auf Tobi, Ali und Tom.

»Spinnst du? Das stimmt doch gar nicht!«, rief Tobi, aber Matteo schnitt ihm das Wort ab.

»Klappe, ich bin der Boss!«

»Du hast die Wahl. Entweder du bezahlst oder das Salamibrötchen war dein Henkersmahl«, sagte ich.

Matteo biss sich auf die Lippe. Missmutig kramte er in seiner Hosentasche und knallte mir ein paar Münzen vor die Brust. Dann stapfte er davon. Tobi schaute mich an. Er war leichenblass. Er machte den Mund auf, um etwas zu sagen. In dem Moment ertönte ein Pfiff. Matteo pfiff die *Sheriffs* wie Hunde zu sich.

Ich drehte mich um und ging. Das Letzte, was ich hörte, war, dass sie anfingen zu streiten. Fast tat Tobi mir leid. Aber er hatte es nicht anders verdient.

Meine Laune war im Keller. Wütend drückte ich daheim die Wohnungstür auf. Und dann kam auch noch Niko angerannt. Er hielt mir mit seiner bescheuerten Stupsnase und seinen bescheuerten Locken seinen bescheuerten Wunschzettel unter die Nase. Den hatte er noch nicht mal selbst geschrieben. Sondern Mama.

»Guck mal, das bekomme i-hi-ich zu Weihnachten.«

»Na und?« Ich schubste ihn zur Seite.

»Wenn du nichts kriegst, darfst du aber nicht mit meinen Sachen spielen! Nur manchmal vielleicht. Wenn ich es erlaube.«

»Es gibt eh nur eine Sache, die ich mir wünsche«, zischte ich.

»Was denn?«

»Dass du dich endlich für immer in Luft auflöst! Das Leben wäre so viel besser ohne dich!«

Darauf verstummte Niko. Er starrte mich an. Ich sah die Tränen in seinen Augen. Bevor sie zu fließen anfingen, drehte Niko sich um und rannte in sein Zimmer. Ich blieb alleine zurück. Mit einem dumpfen Gefühl im Bauch.

## Leugnen zwecklos

In der Frühe sprach Niko kein Wort mit mir. Er wich mir aus. Beim Aufstehen, beim Frühstück, beim Zähneputzen. Endlich Ruhe, dachte ich griesgrämig und packte meinen Rucksack. Aber mit viel weniger drin. Ist ja bescheuert, zu schwänzen und alles mitzuschleppen. Und ich stahl heimlich die alte Straßenkarte meines Papas. Ich hatte eine Entscheidung getroffen.

Mama gab mir einen Kuss, als ich ging. Ich fühlte mich mies. Seitdem ich das Telefonat mit Alis Mutter belauscht hatte, fand ich Mama richtig cool.

Es war eisig draußen. Minus dreißig Grad oder so. Noch eine Woche, dann war Weihnachten.

Da sah ich Tobi an der Kreuzung. Wir schauten uns an. Er sah als Erster weg. Mein Herz versetzte mir einen Stich. Schnell bog ich in eine andere Straße ein und inspizierte meinen Plan. Es hatte Stunden gedauert, um zwischen dem Wirrwarr von Linien und Ecken und Strichen die Schillerstraße zu finden. Es gibt Millionen Straßen. Finde da mal die Schillerstraße. Jetzt folgte ich dem Weg, den ich mir mit rotem Filzstift in die Karte gemalt hatte. Das ist gar nicht so einfach. Vor allem nicht, wenn die Straßen auf dem Kopf stehen. Noch dazu hatte ich tierisch Schiss, dass ich einen

Lehrer traf. Ich hab noch nie geschwänzt. Und ich fand es richtig anstrengend, so verboten unterwegs zu sein.

In der Nacht hatte ich wieder heimlich in Amins Buch gelesen. Und ich hatte etwas entdeckt. Etwas, das keinen Aufschub duldete. Zaki wusste mehr, als er zugab. So viel stand fest.

*Ich habe jetzt 37 Euro.*

*Zaki sagt, ich darf das nicht tun. Aber ich muss. Er war sehr wütend. Er sagt, er geht mit mir, sobald er kann. Ich musste ihn versprechen.*

Was musste Amin tun? Mir wurde ganz heiß unter der Jacke. Trotz minus dreißig Grad.

Ich war jetzt in der Schillerstraße. Aber nichts kam mir bekannt vor. Ich ging weiter und suchte. Da endlich. Es standen noch keine Tische und keine Blumen vor dem Laden. Die Tür war zu. Die Fenster waren beschlagen. Aber unten im Keller brannte Licht.

Ich atmete tief ein. Und klopfte.

Zaki war schon hellwach. Seine Haare waren frisch gewaschen. Er trug Handschuhe als Dornenschutz und sah mich an.

»Du? Mach schnell. Die Blumen mögen keine Kälte.« Am Ärmel zog er mich in den Laden und schaute auf die Uhr.

»Musst du nicht in der Schule sein?«

»Mhm«, murmelte ich.

Zaki schüttelte den Kopf, machte sich einen Kaffee und stapfte die Treppe hinunter. Ich stapfte ihm nach. Nichts im Zimmer deutete darauf hin, dass hier vor ein paar Tagen ein Krieg ausgebrochen war. Alles war aufgeräumt und stand auf seinem Platz. Selbst das Geschirr im Regal war wieder heil. Ich dachte an die Striemen auf meinem Rücken. Die waren jetzt nicht mehr rot, sondern grün und gelb.

Überall lagen angewelkte Blumen verstreut. Ein großes Herz aus Blüten lag auf dem Boden. Auf seinem Tisch stapelten sich weiße Rosen. Zaki nahm eine nach der anderen auf. Seine Hände wickelten flink Bänder um die Blumen, bogen die Stängel und flochten alles zusammen. Alles sehr vorsichtig, als wären ihm die Blumen heilig. Es kam mir vor, als würde da einer Musik machen, nur dass keine Töne herauskamen, sondern Blumenbilder. Am Ende hielt er einen Schwan in der Hand.

»Für wen sind die?«, fragte ich.

»Für niemanden. Das sind Reste. Der Mann, dem der Laden gehört, will nicht, dass ich sie verkaufe. Er sagt, die Leute wollen Blumen, keinen Zoo.«

»Aber die sind wunderschön!«, empörte ich mich. Wenn das einer wusste, dann ich. Ich hatte meiner Mutter schon tausendmal Blumen aus dem Topf meiner Nachbarin gepflückt. Als Wiedergutmachung für etwas, das ich angestellt hatte. Aber die waren nie so schön gewesen wie Zakis.

»Wenn ich genug Geld habe, mache ich meinen eigenen Blumenladen auf«, sagte Zaki. »Ich darf nur nichts anstellen.« Er grinste schief.

»Was meinst du mit ›anstellen‹?«

Zaki kramte in seiner Hosentasche herum und hielt mir dann eine abgewetzte Plastikkarte vor die Nase. Als ob die Antwort da draufstünde.

»Das ist eine Aufenthaltsgenehmigung. Wenn einer wie ich Dummheiten macht, dann schieben sie ihn ab. Verstehst du? Zurück nach Syrien. Aber ich geh nicht zurück dahin. Nie wieder!«

Ich setzte mich auf sein Bett. Die Schreckschusspistole lag daneben auf dem Boden. Schnell schob er sie mit dem Fuß unters Bett. Er bemerkte meinen fragenden Blick.

»Wenn mich die Polizei damit erwischt, bin ich erledigt«, sagte er.

Aha. Das meinte er also mit Dummheit.

»Dann schmeiß sie weg!«, sagte ich.

Zaki zögerte mit der Antwort. »Werde ich. Irgendwann. Wenn ich den Mut dazu habe.«

Das kapierte ich nicht. »Aber sie macht dir doch Angst.«

»Ich habe Sachen gesehen, die machen mir noch mehr Angst.«

Obwohl seine Worte keinen Sinn ergaben, glaubte ich zu verstehen. So wie Menschen Krieg beenden wollen, indem sie Krieg führen, so versuchte Zaki, seine Angst mit etwas zu bekämpfen, was ihm noch mehr Angst machte.

Ich dachte an seine Worte: *Wenn du einmal wen erschossen hast, dann bist du kaputt. Für immer.* Was hatte Zaki erlebt? Was hatte ihm solche Angst gemacht?

»Du weißt, wo Amin ist«, platzte ich heraus. Schließlich hatte ich deshalb die Schule geschwänzt. Ich bemühte mich, so auszusehen wie Herr Knarz. *Leugnen zwecklos.* Demonstrativ verschränkte ich die Arme vor der Brust und versuchte, Zaki glauben zu lassen, er sei eine Ameise.

Zaki erstarrte. Er legte den Schwan auf den Tisch.

»Wie kommst du darauf?«

»Ich weiß es. Ich habe Amins Notizbuch gefunden. Und da steht es drin.« Das war gemogelt. Aber es war der einzige Weg, Zaki aus der Reserve zu locken.

»Er hat es in ein Buch geschrieben?«

Ich nickte.

»Was steht da noch?«

»Dass er Geld gespart hat. Dafür.« Ich tat so, als wüsste ich, was das für ein »dafür« war.

Zaki ließ sich wieder aufs Bett plumpsen. Er vergrub den Kopf in den Händen.

»Ich habe ihm gesagt, er soll es lassen. Oder warten, bis mein Chef mir Urlaub gibt. Dann hätten wir sie gemeinsam suchen können. Aber er ist so verdammt dickköpfig.«

»Wen suchen?«

»Seine Eltern. Jemand hat ihm gesagt, dass sie alle Geflüchteten, die neu ankommen, in irgendeine Stadt bringen. Und dass seine Eltern bestimmt dort sind. Er wünscht sich so sehr, dass sie noch am Leben sind. Er wollte sie suchen gehen.«

Auf einmal standen Tränen in Zakis Augen.

»Amin sucht seine Eltern. Alleine?«, fragte ich.

Zaki nickte. »Es war an dem Tag, als jemand seine Fußballschuhe geklaut hat. Er war am Boden zerstört. Und da ist er abgehauen, um seine Eltern zu suchen. Ihm kann alles Mögliche passiert sein. Ich weiß nicht, wo er jetzt ist.« Zaki wischte sich über die Augen.

»Wir müssen ihn finden!«, rief ich.

»Ich habe ihn überall gesucht. Aber es ist zwecklos, er kann überall sein. Seitdem warte ich jeden Tag vor der Schule auf ihn. Weil ich hoffe, dass er wieder auftaucht.«

Mein Herz wurde auf einmal ganz schwer. Es war, als hätte die Dezemberkälte es in Eis gehüllt. Amin war irgendwo alleine da draußen. Seit Tagen. Wer wusste, ob er überhaupt noch lebte? Und ich stand da und wusste nicht, was ich sagen sollte.

Diesmal begleitete mich Zaki nicht zurück. Ich glaube, er wollte alleine sein. Mit der Karte fand ich den Weg zurück zur Schule. Allerdings machte ich einen großen Bogen um sie. Auf keinen Fall wollte ich Direktor Klinger in die Arme laufen.

Vor der Haustür stopfte ich die Karte in meinen Rucksack. Es war erst 11.30 Uhr. Die Schule war noch nicht aus. Also konnte ich noch nicht nach Hause. Ich ging zum Spielplatz und rutschte. Ich ging zum Lottoladen und schaute ins Schaufenster. Ich ging zu Tobi und guckte auf sein Klingelschild. Noch immer eine Stunde. Ich wanderte in der Gegend herum. Ich dachte an Amin. Er hatte sich alleine auf die Suche nach seinen Eltern gemacht.

Ich versuchte, mir vorzustellen, wie das war, ohne Eltern.

Ohne Niko.

Ohne Freunde.

Ich kann oft nicht schlafen. Dann ich höre Amma bei Atmen zu und stelle mir vor, es ist Madar. Und Padar liegt noch wach und arbeitet. Und Adil, Dalir und Fasila schlafen in die Frühe lang, und Madar muss sie zehnmal wecken.

Amma kann mich nicht wecken. Ich glaube, in ihre Welt gibt es keine Zeit. Ich habe ihren Wecker genommen und die Uhrzeit eingestellt, damit ich nicht in die Schule zu spät komme.

Gestern war ich bei Zaki. Wir haben Tiere aus Blumen gebastelt und TikTok geschaut. Ich schaue gerne seine Finger an, wenn er arbeitet. Vielleicht gibt es ein Turnier für Blumenbinden. Dann gewinnt er.

Endlich war es 13.30 Uhr. Ich schlurfte nach Hause. Ich war ganz durchgefroren. Ich pustete in meine steifen Finger, damit sie auftauten, weil ich den Schlüssel nicht halten konnte. Es war still daheim. War heute etwa Mittwoch? Dann war Mama bei Papa im Büro. Ich ärgerte mich. Dann hätte ich gar nicht so lange draußen warten müssen.

Mein Hunger trieb mich zuerst in die Küche. Ich ging am Wohnzimmer vorbei und warf einen Blick hinein. Da saß Mama. Mit den Händen im Schoß. Ganz bleich. Sie starrte die Wand an. Ich blieb stehen. Sie bemerkte mich nicht. Nicht mal, als ich den Rucksack fallen ließ.

Das durfte nicht sein! Sie hatte die Wandstarre bekommen! Ava hatte doch gesagt, es sei nicht ansteckend. Wer sollte jetzt mein Mittagessen machen? Und einkaufen gehen? Und die Lehrer beruhigen, wenn ich eine Strafarbeit vergessen hatte?

Plötzlich sah ich Papa am Fenster.

Er drehte sich um.

Dann hörte die Erde auf, sich zu drehen.

## Handschellen und Sirenen

*Wütend* war gar kein Ausdruck. Ich weiß nicht, ob ich ein Wort dafür kenne, was mein Papa war.

Ich konnte nicht einmal den Mund aufmachen, um etwas zu sagen, da stand er vor mir. Seine Augen funkelten vor Zorn und starrten mich an. Ich dachte, jetzt krieg ich vielleicht zum ersten Mal im Leben eine gescheuert. Aber er rührte sich nicht. Die Ruhe vor dem Sturm.

»Wo warst du?« Drei harmlose Worte. Wäre da nicht das Zittern in seiner Stimme gewesen.

Ich stand da, mit hängenden Schultern. Mein Magen war ein Klumpen. Ich wusste nicht, was er wusste. Aber das war egal. Es gab kein Rausreden. Diesmal nicht.

»Du warst nicht in der Schule. Das Sekretariat hat angerufen. Wir waren kurz davor, die Polizei zu alarmieren. Ich frage dich nur ein Mal: WO WARST DU?«

Die Polizei? Ich schluckte.

»Ich habe geschwänzt«, gestand ich leise.

»Warum? Was hast du die letzten Stunden gemacht?«

Ich schwieg. Ich schaute auf den Boden.

Plötzlich stand Mama neben mir. Wundersamerweise war sie geheilt. Wut war anscheinend ein gutes Hausmittel gegen Wandstarre. Denn sie hielt mir wütend die Straßenkarte unter die Nase. Wann war sie an meinem Rucksack gewesen?

Der rote Filzstiftstrich leuchtete mir entgegen. Der ließ sich nicht wegleugnen.

»Du warst in der Schillerstraße? Was hast du da gemacht? Warst du wieder im Games Store?«

Es war die perfekte Ausrede. Ich konnte lügen und sagen, dass ich mir heimlich ein Handy kaufen wollte. Oder angucken.

Aber dann geschah es. Papa fasste mich mit beiden Händen an den Schultern und grub seine Finger hinein.

»Sieh mich an und sag mir die Wahrheit!«

»Ahh!« Der Schmerz fuhr mir mit einer solchen Wucht in den wunden Rücken, dass ich aufschrie. Ich krümmte mich. Papa ließ mich erschrocken los.

Ich weinte. Nicht nur wegen der Schmerzen. Sondern weil ich mich so elend fühlte. Dann riss er mir die Jacke runter und das T-Shirt. Meine Mama sah die Striemen und schlug sich die Hand vor den Mund.

Das Nächste, an was ich mich erinnere, waren die Polizisten in meinem Zimmer.

Sie wollten alles wissen. Ganz genau.

»Wer hat das getan?«

»Warum?«

»Wer ist Zaki?«

»Woher kennst du ihn?«

Ich versuchte, alles so harmlos wie möglich aussehen zu lassen. War es im Grunde ja auch. Ich hatte schließlich den Schrank umgeschmissen und nicht Zaki. Aber mit allem, was ich sagte, schien ich ihn mehr in Schwierigkeiten zu bringen.

Irgendwann wusste ich vor lauter Fragen selbst nicht mehr, was wahr war und was nicht. Alles war verdreht in meinem Kopf. Das Schlimmste kam aber noch. Sie fragten nach Amin.

Sie wollten wissen, warum ich Zaki verfolgt hatte. Ich erzählte ihnen von Amins Tüte. Und dass Amin und Zaki sich kannten.

Die Polizisten wechselten Blicke. Ich kenne das. Die meinen, wir Kinder verstehen nichts. Aber nur weil wir jung sind, sind wir noch lange nicht doof. Sie glaubten, dass Zaki etwas mit Amins Verschwinden zu tun hatte. Ich wollte ihn in Schutz nehmen. Aber mir fiel nichts ein, was ich sagen konnte.

Das war der Moment, in dem die Polizisten Verstärkung anforderten.

»Wir müssen Sie bitten mitzukommen«, sagten sie zu meinen Eltern. »Wir brauchen den Jungen, um den Blumenladen zu finden – und den Mann.«

Mein Vater nickte. Er war jetzt genauso bleich wie meine Mama. Und ganz still. Überhaupt war er immer stiller geworden.

Ich hatte noch nie vorher in einem Polizeiauto gesessen. Und schon gar nicht mit Sirenen. Wir fuhren durch die Stadt. Meine Eltern und ich saßen hinten. Zwei Polizisten vorne. Ich guckte durch die Heckscheibe. Hinter uns war noch ein Polizeiauto. Und dahinter noch eines.

Der Polizist wollte wissen, wo genau in der Schillerstraße der Blumenladen war. Ich konnte es nicht erklären.

Wir fuhren dreimal vorbei, ehe ich ihn entdeckte. Zu Fuß sah alles ganz anders aus als aus einem Polizeiauto. Einer der Polizisten stieg aus. Der andere blieb bei uns. Die aus den anderen Polizeiwagen stiegen auch aus.

Es war Nachmittag. Die Tür zu Zakis Laden war zu. Damit die Blumen nicht frieren. Die Fenster waren beschlagen, vom Dampf drinnen. Ich sah durch das Autofenster. Die drei Polizisten zogen ihre Waffen und stießen die Tür auf. Zaki stand im Laden. Er schulterte gerade einen Rucksack. Er wollte Amin suchen gehen. Da war ich mir sicher.

Als er die Polizei sah, wurden seine Augen ganz groß. Sein Gesicht war plötzlich aschfahl. Er ließ den Rucksack fallen und hob die Arme. Ein Polizist drehte ihm die Arme auf den Rücken und machte ihm Handschellen dran. Die zwei anderen gingen in den Keller. In Zakis Zimmer. Zaki redete. Er redete um sein Leben. Dann kam einer der Polizisten hoch. Er hielt die Schreckschusspistole in seiner Hand.

Zaki verstummte.

Er ließ den Kopf hängen.

Seine Schultern bebten.

Er wurde nach draußen geführt.

Sie öffneten die Tür eines Polizeiautos vor uns. Zaki hob den Kopf.

Und sah mich an.

## So ein Bullshit

Die Polizisten fuhren uns wieder heim. Ich schaute durch das Fenster auf die Straße. Aber ich sah nichts. Den ganzen Weg liefen Tränen über mein Gesicht. Ich konnte nichts dagegen tun. Ich musste immerzu an Zaki denken. An die Plastikkarte in seiner Hose. Sein Leben hing daran. Und jetzt würden sie ihn einsperren. Und abschieben. Zurück in den Krieg. Wegen mir. Wegen den doofen Kratzern auf meinem Rücken. Ich dachte an seine Angst. Warum hatte er die Waffe nicht weggeschmissen?

Ich überlegte, was ich hätte anders machen können. Was hätte ich der Polizei sagen können? Nichts. Nichts hätte verhindert, dass sie ihn verhaften. Trotzdem fühlte ich mich elend.

Daheim öffnete uns Niko die Tür. Aber als er mich sah, biss er die Zähne aufeinander und verschwand in seinem Zimmer. Ich wollte sowieso mit niemandem sprechen. Ich sperrte mich in meinem Zimmer ein. Irgendwann kamen keine Tränen mehr. Irgendwann war ich leer. Ich holte Amins Tagebuch aus meinem Rucksack.

Zaki versteht mich. Er sagt nicht immer, dass alles wird gut. Ich hasse es, wenn sie das sagen. Weil sie glauben

es selbst nicht. Zaki ist ein Freund. Freunde sagen die Wahrheit. Und halten zusammen. Immer.

Ich weiß nicht, wann die Züge gehen.

Ich habe Angst. Was, wenn sie nicht dort sind?

Der nächste Tag war eine Qual. Ich schleppte mich in die Schule. Ich wischte seufzend die Krümel bei der Bodler auf. Dabei sagte ich kein Wort. Als ich mich umdrehte, fixierte sie mich mit ihrem Blick. »Nicht jedem scheint die Sonne aus dem Arsch. Da kannst du seufzen, so viel du willst. Oder die Arschbacken zusammenkneifen und weitermachen. Denn merk dir eines: *Am Ende sind immer die Taten entscheidend. Die, die man tut, und die, die man nicht tut.*«

Ich verstand nicht, was sie meinte. Aber ich war zu müde, um nachzufragen.

Als der Boden rein war, stellte ich den Besen zurück und schulterte meinen Schulranzen. Dann nahm ich heimlich Matteos Salamibrötchengeld und steckte es in die Kasse. Plötzlich stand Frau Bodler hinter mir. Ich fühlte mich in Erklärungsnot. Dabei hatte ich gar nichts Falsches gemacht.

»Ich … ich … das war …«

»Schon gut. Ich habe den Dieb gesehen.« Und dann fügte sie noch hinzu: »Hättest du nach der Schule Zeit, mir behilflich zu sein? Der Kiosk braucht eine Generalreinigung.«

»Okay«, sagte ich. Vielleicht würde es mir helfen, all die schlimmen Bilder aus meinem Kopf zu wischen.

In der ersten Stunde hatten wir Mathe. Tobi saß wie immer neben mir. Und guckte die ganze Zeit komisch von der Seite. Einmal holte er ganz tief Luft. Wie wenn man was sagen will. Aber er sagte nichts.

Ich wollte auch nicht mit ihm reden. Ich wollte mit niemandem reden.

In der Pause ging ich aufs Klo. Nicht weil ich pinkeln musste. Aber weil ich niemandem begegnen wollte. Ich sperrte die Tür ab und setzte mich auf den Klodeckel. Draußen hörte ich den Lärm. Aber ich fühlte mich alleine und elend. Irgendwann holte ich Amins Notizbuch raus.

Mein Schuhe sind weg! Seit gestern. Und heute ist Turnier! Ich habe überall gesucht.

Ich glaube, das war Matteo. Er will nicht, dass ich Johnny helfe beim Fußball. Ich habe ihn gefragt, ob er

meine Schuhe hat. Aber er hat gelacht. Er sagt, er würde nie die Schuhe von jemand wie mir anziehen.

Ich muss Johnny warnen. Matteo will Anführer von Sheriffs werden. Ich habe gehört, wie er es gesagt hat.

Jemand ist auf Klo. Ich muss leise sein!

Plötzlich öffnete sich die Klotür. Ich zog schnell die Beine hoch, falls jemand unten guckte. Dann hörte ich Stimmen. Und erkannte sie. Es waren Matteo und Tobi. Meine Kehle wurde eng. Ein heißer Stich fuhr in meine Brust.

»Ich schwör's, Johnny war im Polizeiauto. Meine Mama hat von Nachbarn gehört, dass es um einen ›kriminellen

Asylanten‹ ging. Johnny hatte sogar Handschellen an.« Das war Matteo.

Ich musste mir auf die Zunge beißen. Handschellen? So ein Bullshit.

»Sag doch mal was!«

»Was denn?«, sagte Tobi gereizt.

»Von mir aus sollen sie ruhig alle abschieben.«

»Wen ›alle‹?«, fragte Tobi.

»Na, Leute wie den Amin. Die sind doch alle gleich … Aber freiwillig gehen die nicht zurück. Da muss man schon nachhelfen.«

Jetzt war es still. Ich hielt den Atem an. Und ich rührte mich noch immer nicht. Ich fragte mich, wie oft Amin hier auf dem Klo mit angehört hatte, was die Leute sprachen. Über andere. Über ihn. Und er hatte nichts gesagt. Nie. Weil er keine Stimme hatte. Weil er unsichtbar war.

Das machte mich wütend.

*Es kommt immer auf die Taten an. Die, die man tut. Und die, die man nicht tut.*

Auf einmal verstand ich, was Knasti-Bodler gemeint hatte. Ich wusste, was ich tun musste. Um Zaki zu retten und um Amin endlich eine Stimme zu geben.

Ich stieß die Klotür auf. Erschrocken starrten Matteo und Tobi mich an.

»Hör auf, solche Lügen zu verbreiten!«, rief ich. »Amin kann überhaupt nichts dafür, dass in seiner Heimat Krieg ist.« Auf einmal war mir alles klar. »Ich weiß, warum du dir diese Challenge ausgedacht hast. Weil ich sie gar nicht gewinnen kann. Weil es keinen Entführer gibt! Amin wurde nicht entführt. Und das weißt du ganz genau. Weil du ihm erzählt hast, dass seine Eltern irgendwo in Deutschland sind! Obwohl das gar nicht stimmt. Du wolltest, dass er sie sucht. Und verschwindet.«

Matteo wurde erst rot, dann weiß. Dann verschränkte er die Arme vor der Brust.

»Und wenn? Selber schuld, wenn er jeden Mist glaubt!«, sagte er.

»Wegen dir ist Amin abgehauen und sucht seine Eltern. Dabei sind sie vielleicht tot!«, rief ich. Kapierte dieses Erbsenhirn eigentlich gar nicht, was er angerichtet hatte? Amin war alleine da draußen. Er hatte ohne Hilfe keine Chance zu überleben!

Tobi schaute mich verwundert an. »Woher weißt du das alles?«, fragte er.

»Ich habe den Fall gelöst.«

Ich sah, wie Tobis Gehirnzellen arbeiteten.

»Aber das heißt … du hast die Challenge gewonnen. Dann bleibst du unser Anführer!« Er war außer sich vor Erleichterung. Wahrscheinlich hatte inzwischen auch er kapiert, dass Matteo der mieseste Anführer war, den man sich vorstellen konnte.

Tobi hatte recht. Ich war jetzt wieder der rechtmäßige Boss der *Sheriffs.* Matteo hatte verloren. Trotzdem fühlte es sich beschissen an. In diesem Moment fasste ich einen Entschluss.

»Vergiss es! Ich bin raus«, sagte ich und ging zur Tür. Im Vorbeigehen klopfte ich Tobi auf die Schulter. »Viel Glück.«

»Was? Was meinst du?«, rief Tobi entsetzt. »Wir sind doch Freunde!«

Ich blieb stehen und drehte mich um. Ich dachte an Amin. Seine Worte hatten sich wie Blutegel in meinem Kopf festgesaugt. Freunde halten zusammen. Immer.

Und sie sagten sich die Wahrheit, egal, wie mies sie war. Nein, die *Sheriffs* waren keine Freunde. Sie hatten mich im Stich gelassen.

»Freunde lassen einen nicht hängen, wenn es mal schwierig wird. Freunde halten zusammen. Wir sind keine Freunde.« Dann ließ ich Matteo und Tobi stehen.

Es würde Ärger geben. Das wusste ich. Trotzdem lief ich nach der Schule zum Blumenladen. Ich hoffte, dass die Polizei den Irrtum erkannt hatte und dass sie Zaki freigelassen hatten. Sonst würde ich meinen Plan umsetzen müssen. Und davor hatte ich mächtig Schiss.

Ich stieß die Tür auf. Drinnen war die Luft dampfig. Da stand jemand mit dem Rücken zu mir und fluchte beim Blumenbinden. Zaki! Ich lief auf ihn zu. Der Mann drehte sich um, und ich erstarrte. Ein fremdes Gesicht schaute mich an.

»Was möchtest du? Blumen für die Mama?«, fragte er freundlich.

»Äh, ich wollte zu Zaki.«

Das Gesicht des Mannes verfinsterte sich. »Der arbeitet nicht mehr hier. Der kommt auch nicht wieder.«

»Wo ist er?« Ich hatte Angst vor der Wahrheit. Nicht so Muffensausen wie sonst. Sondern richtig Schiss. War er schon zurück in Syrien?

»Den haben sie eingesperrt. Wegen Entführung. Und so was in meinem Laden! Wenn der mir noch einmal unter die Augen kommt!«

»Aber er hat niemanden entführt. Er hat Amin doch nur geholfen!«, rief ich. »Sie müssen mir glauben! Er hat nichts getan!«

Zaki hatte diesen Job gerne gemacht. Die Blumen waren sein Leben. Ich wollte, dass der Mann ihm die Chance gab, wieder in seinem Laden zu arbeiten. Ich wollte, dass Zaki sein Zimmer im Keller zurückbekam. Ich wolle, dass er freikam.

Der Mann wischte sich die Hände an der Schürze ab.

»Du scheinst dir ja ziemlich sicher zu sein. Aber die Polizei sieht das anders. Für die zählen Beweise. Bei mir braucht er jedenfalls nicht mehr aufzukreuzen.« Er zeigte auf zwei Kisten. »Hier sind seine Sachen. Wenn du willst, nimm sie mit. Wenn nicht, landen sie auf dem Müll.« Er kehrte mir den Rücken zu.

Langsam ging ich zu den Kisten und öffnete sie. Meine Kehle wurde eng. Alles, was Zaki besaß, passte da hinein. Ein ganzes Leben in zwei Kisten. Drinnen lagen ein paar Klamotten, ein paar Comics, der Rest des Geschirrs, das nicht kaputtgegangen war. Und ein paar Figuren aus Überraschungseiern. Mir wurde mulmig zumute. Wie sollte ich nur die Kisten nach Hause schleppen? Da fiel mein Blick auf den Boden der Kiste. Ganz unten lag das Foto von Zaki und seinen Geschwistern.

Ich zog es raus. Es war in der Mitte geknickt. Ich strich es glatt. Zaki sah glücklich aus auf dem Foto. Er lachte. Und ich wünschte mir, ich würde ihn auch einmal so frei lachen sehen.

Ich steckte das Foto ein. Dann drehte ich mich zu dem Mann um.

»Sie sind auch nicht besser als alle anderen. Zaki arbeitet fleißig, er spricht perfekt Deutsch. Aber alles, was Sie sehen, ist seine Hautfarbe!«

Ich drehte mich um und verließ den Laden.

Ich musste meinen Plan umsetzen. Der Mann hatte es gesagt: Für die Polizei zählen nur Beweise. Wenn ich also beweisen konnte, dass Amin nicht entführt worden war, dann mussten sie Zaki freilassen.

## Taube Ohren

Es gab nur eine Möglichkeit, Zakis Unschuld zu beweisen. Ich musste Amin finden. Aber wie? Wohin war er gefahren, um seine Eltern zu suchen?

In Gedanken listete ich meine Anhaltspunkte auf:

Amin ist mit dem Zug gefahren. Warum sonst hat er es in seinem vorletzten Eintrag erwähnt?

Und das Ticket muss 37 Euro gekostet haben.

Das war alles, was ich wusste.

Aber ich war Johnny. Aufgeben kam nicht infrage.

Anstatt nach Hause zu gehen, marschierte ich geradewegs zur Flüchtlingsunterkunft. Wenn mir jemand helfen konnte, dann ja wohl Frau Ohrner.

Ich hatte Glück. Sie war in ihrem Büro und saß mit rotem Kopf vor einem Stapel Papiere.

»Nanu«, sagte sie, als sie mich erblickte.

»Hallo«, sagte ich. Wie beginnt man so ein Gespräch?

»Wir kennen uns, nicht wahr? Du bist der Junge aus Amins Schule!«

Ich nickte. Na also. War gar nicht so schwer. Doch dann sagte sie nichts mehr. Ich räusperte mich. Das tun die im Fernsehen auch immer, wenn sie etwas Wichtiges zu sagen haben.

»Äh. Ich glaube, ich weiß, wo Amin ist.«

Frau Ohrner ließ den Stift sinken. »Wo denn? Geht es ihm gut?«

»Weiß ich nicht so genau. Aber er sucht seine Eltern. Das hat Zaki gesagt, und es steht in dem Buch …«

»Zaki? Ist das nicht der Kerl, der ihn entführt hat?«

»Ja. Ich meine, NEIN. Er hat ihn nicht entführt. Amin ist abgehauen, um seine Eltern zu finden. Er glaubt, dass sie irgendwo in Deutschland sind.«

Frau Ohrner stand jetzt auf und setzte sich auf den Stuhl vor mich. Das machte mich nervös. So saß Mama immer vor Niko, wenn sie ihm was erklärte. So für Babys eben. Aber ich war kein Baby. Ich verschränkte die Arme vor der Brust.

»Es ist schön, dass du dich um Amin sorgst. Aber die Polizei glaubt, dass dieser Zaki etwas mit Amins Verschwinden zu tun hat. Der würde alles erzählen, um seine Haut zu retten.«

»Aber …«

»Du musst auf die Polizei vertrauen. Sie werden herausfinden, was mit Amin ist. Und wenn er seine Eltern wirklich sucht, dann werden sie auch das herausfinden.« Sie sah mich mitleidig an.

Die kapierte es nicht. Nicht ich hatte ein Problem, sondern Amin. Er war irgendwo in einer Stadt. Ganz alleine. Ohne Geld. Ohne Essen. Ohne Eltern. Er suchte jemanden, den es nicht gab. Seine Eltern waren noch immer irgendwo im Krieg. Oder tot.

»Zaki lügt nicht. Aber Ihnen geht es gar nicht um Amin. Sonst würden Sie mir glauben.«

»Ich sagte schon, die Polizei wird sich um ihn kümmern. Ich kann leider nichts tun.«

Sie seufzte, stand auf und ging an ihren Arbeitsplatz zurück.

»Doch, Sie können etwas tun. Sie sind erwachsen!«

Wütend ging ich raus und knallte die Tür hinter mir zu. Warum wollte niemand hören, was ich wusste?

Es war mir klar: *weil ich ein Kind war.*

Ich beschloss, mich in Amins Zimmer zu schleichen. Vielleicht gab es dort irgendwelche Hinweise darauf, wohin er abgehauen war.

Das Problem war nur: Alle Türen sahen gleich aus.

Ich kam mir vor wie ein Dieb, als ich eine nach der anderen öffnete und reinschaute. An der fünften Tür endlich sah ich sie: Amma. Sie lag wie immer reglos in ihrem Bett. Schnell huschte ich hinein, ehe mich jemand sah. Jemand wie Rashid. So leise wie möglich durchsuchte ich Amins Bücher und Klamotten. Aber da war nichts, kein Hinweis. Verflixt!

Vorsichtig rückte ich seine Bücher wieder zurecht und setzte mich auf sein Bett. Doch sogleich sprang ich erschrocken wieder auf. Etwas unter dem Bett hatte ein lautes Pupsgeräusch gemacht. Ich warf einen schnellen Blick zu Amma, aber die bewegte sich nicht. Langsam zog ich die Decke zurück. Da lag schön platziert ein Furzkissen. Als hätte es auf mich gewartet. Oder auf jemanden anderen. Ich grinste. Amin musste es absichtlich dort hingetan haben. So wie ich vor einiger Zeit, als ich Frau Beckbaum eines auf den Stuhl gelegt hatte. Behutsam versteckte ich es wieder unter der Decke. Für wen auch immer Amin es bestimmt hatte.

Ich sah mich um. Auf dem Kistentisch lag ein Wecker. Den er sich immer gestellt hatte. Er hatte niemanden, der ihn weckte. Er war jeden Morgen selbst aufgestanden. Hatte sich vielleicht Brotzeit gemacht. Und dann noch Amma versorgt, bevor er in die Schule ging.

Maskboy.

Der wie ein Unsichtbarer im Klassenzimmer saß. Und auf dem Klo. Der alleine von Afghanistan nach Deutschland gekommen war. Und der jetzt alleine auf der Suche nach seinen Eltern war. Ich wünschte, ich würde ihn besser kennen.

Auf einmal rührte sich auf dem anderen Bett etwas. Amma keuchte auf. Wie ein verwundetes Tier. Ich stand auf und schlich hinaus. In der Türe drehte ich mich noch einmal zu ihr um.

»Ich hab zwar keinen Plan, wie – aber ich werde Amin finden, versprochen!«, sagte ich.

»Stehen bleiben, du Einbrecher!«, ertönte es plötzlich hinter mir, als ich auf den Gang trat. Erschrocken drehte ich mich um und blickte geradewegs in Avas rundes Gesicht.

»Oder ich rufe Rashid.« Ihre Miene war ernst.

Ich muss ziemlich doof geguckt haben. Und Schiss hatte ich auch. Vielleicht dachte sie, ich hätte etwas gestohlen?

Wieder ploppte eine Schlagzeile in meinem Kopf auf:

**Alle Knochen gebrochen –**
**Junge wegen Diebstahl von Rashid vermöbelt!**

»Guck nicht wie ein Frosch«, lachte sie. »Du bist umsonst gekommen. Amin ist noch immer weg.« Erst jetzt, wo sie lächelte, hörte mein Herz auf zu hämmern.

»Ich weiß«, sagte ich. »Er sucht seine Eltern.«

»Woher weißt du das?«, fragte Ava. Ihre Augen wurden groß.

»Von Zaki. Und es stehen ein paar Sachen im Buch. Er ist mit dem Zug gefahren.«

Ich setzte mich auf den Boden und legte die Arme auf die Knie. Auf einmal war ich unglaublich müde. Hatte ich mir wirklich eingebildet, mehr als die Polizei herauszufinden? Vielleicht hatte Matteo recht. Das war eine Nummer zu groß für mich.

»Wohin? Ist Zaki mit ihm gegangen?«

»Keine Ahnung, wohin. Steht nicht drin. Oder vielleicht steht es drin, und ich kann es nicht lesen. Und er ist alleine, weil Zaki …«

»Gib her!«, unterbrach mich Ava.

»Was?«

»Das Buch, du Schlaukopf.« Sie setzte sich neben mich auf den Boden.

Überrascht kramte ich das Tagebuch aus meiner Tasche. Vorsichtig nahm sie es in die Hand und blätterte.

Es kam mir wie eine Ewigkeit vor. So vertieft war sie in die Seiten. Manchmal starrte sie auf eine Zeichnung. Manchmal las sie, dann blätterte sie wieder. Doch irgendwann saugte sie laut die Luft ein und sagte: »Hier steht etwas.«

Ich richtete mich auf und sah ihr über die Schulter. Sie zeigte mit dem Finger auf eine verschnörkelte Stelle. Zu meiner Verwunderung wanderte ihr Finger von rechts nach links, während sie las.

امروز نزد عماد صاحب بودم. او موبایل دارد و اجازه داد که با موبایلش در انترنت بگردم. حالا می‌دانم که چطور آنها را پیدا کنم.

Ava übersetzte.

Heute war ich bei Herr Emad. Er hat ein Handy, und er hat mir erlaubt, im Internet zu suchen. Jetzt weiß ich, wie ich sie finde.

»Wer ist Herr Emad?«

»Mein Vater!«

Gleichzeitig sahen wir uns an. Wir dachten dasselbe.

»Komm!«, rief Ava mir zu und rannte voraus. Ich sprang

auf und rannte ihr nach. Vor ihrem Zimmer blieb sie stehen und öffnete die Tür. Dann zog sie mich am Ärmel hinein. Es war mir unangenehm. Ihre Eltern und ihr kleiner Bruder saßen auf dem Boden auf einer Decke und aßen zu Mittag. Ava sagte etwas, das ich nicht verstand. Der Vater guckte mich an. Dann lächelte er, machte Platz und zeigte neben sich.

»Nein, ich will nicht stören«, sagte ich. Aber Ava schob mich hin, und mir blieb nichts anderes übrig, als mich zu setzen.

»Meine Eltern sprechen noch nicht so gut Deutsch«, sagte sie.

Avas Mama hielt mir eine Schüssel mit Teigbällchen hin und lächelte. Erst jetzt merkte ich, wie hungrig ich war. Ich schwör, so was Leckeres habe ich noch nie gegessen. Ava brachte das Handy und flüsterte ihrem Vater etwas ins Ohr. Der zog eine Augenbraue hoch, dann tippte er auf dem Display. Er scrollte im Internetverlauf und zeigte mir das Handy.

»Schau mal, das hier hat Amin sich angesehen«, sagte Ava.

Ich schaute auf die Seite und las:

**Abfahrt Hauptbahnhof.**

**ICE 207 nach Düsseldorf.**

**Gleis 3. Ab 37 Euro**

Mit Herzklopfen sprang ich auf. Jetzt wusste ich, wo ich suchen musste. Amin war in Düsseldorf! Das beruhigte mich ein wenig. Ein Dorf war nicht so groß. Jemand würde wissen, wo Amin war.

## Dummheiten müssen gemacht werden

Ich plünderte meine Spardose und packte heimlich meine Sachen in die Fußballtasche. Es war nicht viel: ein T-Shirt, Amins Notizbuch, mein Erspartes, den Stadtplan und meine Wasserflasche. Als ich Mama Tschüss sagte, gab ich ihr eine extra lange Umarmung. Wer wusste schon, wann ich wieder zurück sein würde. Und ob überhaupt.

Mama lächelte. »Viel Spaß beim Training! Und bis später.«

Ein fetter Kloß steckte mir im Hals. Anstatt zu antworten, zog ich schnell die Tür hinter mir zu.

Der Himmel war weißgrau. Es schneite. An der nächsten Ecke machte ich halt und zog den Stadtplan aus der Tasche. Es war gar nicht so einfach, in dem Straßengewirr auf dem gefalteten Plan den Hauptbahnhof zu finden. Der Wind zerrte an den Seiten. Vielleicht wollte er mich davon abhalten, eine Dummheit zu begehen. Insgeheim wünschte ich es mir sogar. Ich hatte nämlich mächtig Bammel vor dem, was ich vorhatte. Aber der Wind wusste ja auch nichts von meinen Genen. Und die machten nun mal all die bescheuerten Dinge, die andere nicht taten.

Ich folgte der Karte. Der Weg zum Bahnhof führte an der Schule vorbei. Plötzlich fiel mir ein, dass ich der Bodler versprochen hatte zu helfen. Schnell rannte ich los. Am Kiosk traf ich sie an. Überall waren Lappen, Eimer und Putzmittel. Als sie mich sah, verengten sich ihre Augen zu Schlitzen. Sie war jetzt wieder ganz Knasti-Bodler. Aber mich konnte sie nicht hinters Licht führen. Sie war enttäuscht. Das konnte ich ihr ansehen.

»Es tut mir leid … ich kann heute nicht helfen«, stammelte ich.

»Man sollte nichts versprechen, was man nicht halten kann!«, blaffte sie.

»Es ist wegen Amin …«, stammelte ich. Wie sollte ich mich entschuldigen, ohne ihr die Wahrheit zu verraten?

Ihr Blick wanderte zum Stadtplan, den ich noch in meiner Hand hielt. Der Hauptbahnhof war umkreist. Plötzlich wurden ihre Augen groß. Sie sah mich an.

»Du planst also eine Dummheit?«

»Ich …«

»Lass dir eines gesagt sein: Dummheiten muss man machen, solange man jung ist. Später wird man ekelhaft vernünftig. Viel Glück.«

Und dann lächelte sie, zum ersten Mal, seit ich sie kannte.

Auf dem Weg nach draußen stieß ich beinahe mit Tom und Ali zusammen, die noch Tischtennis hatten und mich verwundert anstarrten. Ohne ein Wort zwängte ich mich an ihnen vorbei ins Freie.

Es dauerte eineinhalb Stunden, bis ich den Bahnhof erreicht hatte. Meine Finger waren ganz durchgefroren. Kein Wunder. Meine Handschuhe lagen daheim auf der Heizung und wärmten sich. Aber zurückgehen konnte ich nicht. Ich pustete in meine roten Handflächen und versuchte, die Kälte zu vertreiben. Dann suchte ich das Gleis 3. Auf der Schalttafel stand: *Eurocity nach Budapest–Belgrad–Thessaloniki.*

Mist! Ich hatte zwar keine Ahnung, wo genau Düsseldorf war, aber mir war klar, dass Thessaloniki nicht in Deutschland sein konnte. Welcher Deutsche konnte das schon aussprechen? Und ich hatte nicht vor, am Strand mit Strohhalm an einer Kokosnuss zu lutschen, auch wenn das sicherlich toll gewesen wäre. Nein, ich musste Amin finden und Zaki aus der Klemme helfen. So wie er mir geholfen hatte, als er meinen Rucksack verschwinden ließ.

»Entschuldigen Sie«, fragte ich eine Frau, die hektisch einen Koffer hinter sich herrollte. »Ich suche den Zug nach Düsseldorf.«

Sie blieb stehen. Sie war genervt von meiner Frage. Das merkte ich an ihrem schiefen Mundwinkel.

»Düsseldorf?« Sie sah sich um, bis ihr Blick an einer Tafel hängen blieb. »Um wie viel Uhr fährt dein Zug?«

»Ich weiß nicht«, sagte ich unsicher. »Ich nehme einfach den nächsten, der kommt.«

Ich hatte etwas Falsches gesagt. Ich wusste es in dem Moment, als sie den Kopf zu mir drehte und mich argwöhnisch betrachtete.

»Wo sind denn deine Eltern?« Suchend sah sie sich um.

Plötzlich fingen meine eiskalten Hände an zu schwitzen. Der Klimawandel war nichts gegen meine Temperaturschwankungen. Aber es war jetzt keine Zeit, darüber nachzudenken. Ich stocherte in meinem Hirn nach einer plausiblen Antwort.

»Meine Eltern?« Ich versuchte, Zeit zu schinden. Doch je länger ich zögerte, desto verkniffener guckte sie. Zu allem Überfluss kam auch noch ein Polizist mit blauer Uniform um die Ecke. Er starrte in unsere Richtung.

»Meine Oma ist sehr krank. Meine Mama ist schon in Düsseldorf. Und ich sollte heute nachkommen. Aber ich habe vergessen, wann der Zug geht. Und ich will nicht im Krankenhaus anrufen, um die Mama nicht noch mehr aufzuregen. Wegen der Oma.«

Um zu zeigen, wie arm die beiden waren, setzte ich noch Nikos Hundeblick auf. Plötzlich sagte sie: »Oh. Deine arme Oma. Dann komm mal mit.« Die Frau rollte mit mir und ihrem Koffer zum nächsten Informationsschalter.

»Dein Zug geht um 15.30 Uhr. Auf Gleis 17. Soll ich dich hinbringen?«, fragte sie.

»Nein danke, nicht nötig. Und vielen Dank. Das war sehr nett von Ihnen.« Ich sagte das aus vollem Herzen. Und im Geist bat ich alle Omis auf der Welt um Verzeihung.

Die Frau lächelte mich an. »Grüße an deine Oma. Ich hoffe, es geht ihr bald besser!«

Dann rollte sie davon.

Ich wusste nun, wo und wann der Zug losfuhr. Aber ich hatte keine Ahnung, wie ich an ein Ticket kommen sollte. Mensch, wer hätte gedacht, dass Zugfahren so verzwickt war? Da sah man die Leute immer umherwuseln und ihre Koffer schieben und glücklich gucken, aber niemand sagte einem, wie kompliziert die ganze Sache war.

Ich überlegte kurz, am Infoschalter zu fragen. Aber ich traute mich nicht. Nicht dass sie doch noch auf die Idee kamen, meine Mama in Düsseldorf anzurufen. Es musste eine andere Lösung geben. Und die stand gleich einen Meter neben mir. Ein Fahrkartenautomat. Ich ging einen Schritt darauf zu und pulte mein Geld aus der Hosentasche. 37 Euro. Ich wollte gerade die Knöpfe drücken, da hörte ich es: Es war weit weg und klang, als würde eine Blechtonne husten. Aber die Worte sickerten langsam in meinen Gehörgang. Und dann lösten sie Panik aus:

»Gleis 17, Zug nach Düsseldorf über Mannheim, Frankfurt, Köln – bitte einsteigen.«

Der Zug war da. Und ich hatte noch keinen Fahrschein. Ich musste mich sofort entscheiden. Bleiben oder schwarzfahren. Klug sein oder dämlich. Rate mal, wie ich mich entschied?

## Köfte und Baklava

Ich rannte, so schnell ich konnte, zu Gleis 17. Das war natürlich am anderen Ende des Bahnhofes. Die Sporttasche klapperte auf meinem Rücken, während ich lief. Jetzt waren nicht nur meine Handflächen schwitzig, sondern auch meine Füße. Vor dem Zug blieb ich stehen. Ich konnte es mir noch anders überlegen. Ich konnte noch zurück. Noch hatte mich niemand wegen Schwarzfahren erwischt. Noch war ich nicht im Jugendgefängnis. Noch lag mein ganzes Leben vor mir.

Das Problem war nur, dass es nicht bloß um mein Leben ging. Es ging um Zakis Leben. Und Amins. Ich kannte ihn zwar überhaupt nicht. Aber irgendwie hatte ich das Gefühl, dass er der richtigste Freund war, den ich je hatte. Oder es werden könnte. Und Freunde hielten zusammen, auch wenn sie noch nicht wussten, dass sie Freunde waren.

Ich stieg ein, hinter einem Mann, der einen Koffer und zwei Mädchen hinter sich herschleppte. Das eine Mädchen erinnerte mich an Niko. Es redete mit einem Stoffelefanten, der aus ihrer Tasche guckte. Niko quasselte auch ständig mit seinen Stofftieren. Aus irgendeinem Grund wollte ich mich zu ihr setzen. In ihrer Nähe fühlte ich mich sicher.

Und außerdem: Wenn ich dicht bei ihnen blieb, würde der Schaffner vielleicht denken, dass ich zur Familie gehörte, und mich nicht nach meiner Fahrkarte fragen.

Ich lächelte den Mann an und setzte mich ihm gegenüber.

Er lächelte zurück. Das entspannte mich etwas. Aus dem Lautsprecher hustete wieder die Tonne. Aber ich war viel zu aufgeregt, um zuzuhören. Ich presste die Tasche gegen meine Brust, um meinen flatternden Atem niederzudrücken. Ein Schaffner ging durch die Reihen. Jetzt schon? Vielleicht würde er mich gleich hier ins Gefängnis stecken?

Meine Gedanken fuhren Karussell, und auf einmal war ich mir nicht mehr sicher, ob meine Idee gut war.

Ich wollte aufstehen – und da hörte ich sie schreien. Und winken. Und laufen.

Ali, Tom und Tobi kamen die Gleise entlanggerannt. Tobi voran, gefolgt von Tom und Ali als Schlussleuchte. Ich presste die Hände auf die Scheiben. Tobi sah mich als Erster. Schnell quetschte er sich durch die offene Türe und bahnte sich einen Weg zu mir durch. Tom und Ali folgten.

»Da bist du ja«, schnaufte er atemlos.

»Seht ihr! Ich hatte recht! Man muss sich nur fragen, was die größte Dummheit ist, die jemand machen kann. Und da findet man ihn«, sagte Ali zufrieden mit sich selbst.

»Was macht ihr hier?«, fragte ich ungläubig.

»Knasti-Bodler hat … sie hat …«, sagte Tom.

»Sie hat uns gesagt, wo du bist. Und sie hat uns zur

Schnecke gemacht!«, rief Ali. »Weil wir dich alleine Unsinn machen lassen!«

»Wohin willst du überhaupt?«, fragte Tobi.

»Nach Düsseldorf. Amin suchen.«

»Seht ihr!«, triumphierte Ali. »Ich hatte recht. Er hat wieder was Dummes vor!«

»Und deshalb sind wir hier. Um dir zu helfen!«, sagte Tobi.

»Ihr wollt mitkommen?« Jetzt war ich perplex.

Auf einmal kaute Ali an seinem Fingernagel, Tom zog den Kopf zwischen die Schultern, und Tobi räusperte sich. »Nee, eigentlich nicht.«

Ich schaute von einem zum anderen. Das hätte mich auch gewundert. Schließlich waren sie vernünftig.

»Warum seid ihr dann hier?«

Plötzlich zog Ali eine Tupperdose mit leckeren Köfte und Baklava aus seinem Rucksack.

»Hier, falls du Hunger hast.«

»Und das hier, falls du in Not bist und Hilfe brauchst.« Tobi hielt mir sein Handy hin.

»Und hier … meine Kompass-Uhr. Für alle Fälle!«, sagte Tom.

Weißt du, wie es ist, wenn man zu Tränen gerührt ist? Ich wusste es bis dahin nicht. Aber mir schwappten die Tränen in die Augen. Schnell wischte ich sie weg.

»Ihr seid die besten *Sheriffs*, die es gibt«, nuschelte ich. Der Mann gegenüber musterte uns neugierig.

Die Blechtrommel hustete und kündigte die Abfahrt an. Schnell sprangen Tobi, Tom und Ali aus dem Zug und winkten mir zu. Der Zug fuhr an. Mein Herz flatterte auch dann noch, als sie nur drei kleine Punkte in der Ferne waren. Aber es fühlte sich ein kleines bisschen leichter an.

## Dead End

Der Zug ratterte los. Erst langsam, dann immer schneller. An mir zogen Häuser und Felder vorbei. Aber der Schnee peitschte gegen die Scheiben, und manchmal sah ich nur Grau.

Die Tupperbox lag verheißungsvoll auf meinen Knien. Ich öffnete sie, schnupperte und schloss sie wieder schweren Herzens. Ich hatte beschlossen, das Essen für den Notfall aufzuheben. Man konnte nie wissen. Vielleicht warf der Schaffner mich in der Wildnis aus dem Zug, wenn er mich erwischte. Oder er steckte mich ins Gefängnis. Und dann wäre ich sicherlich froh, neben Wasser und Brot auch ein paar Köfte und Baklava zu haben.

Der Mann musterte mich neugierig.

»Lecker, darf ich probieren?«, fragte plötzlich das Mädchen. Oder vielmehr ihr Stoffelefant, den sie in der Hand hielt. Sie hielt seinen Rüssel nach oben, als würde er sprechen.

»Marie!«, schimpfte der Mann.

»Das war ich nicht, das war Ferdi! Was kann ich dafür, wenn er Hunger hat?«

Schmollend ließ sie den Rüssel los.

Ich umklammerte meine Tupperbox noch fester. Ich

wollte meine Notration nicht abgeben. Aber das Mädchen erinnerte mich an Niko. Sie und der hungrige Ferdi taten mir leid. Ich konnte sie doch nicht verhungern lassen!

»Ich glaube, sein Magen knurrt«, sagte ich und reichte ihr eine süße Baklava. Das Mädchen strahlte mich an. »Jetzt nicht mehr«, sagte sie und biss genüsslich hinein. Ferdi bekam nichts ab.

Der Mann lächelte mir zu und flüsterte leise: »Danke«.

Ich musste wohl eingeschlummert sein, denn plötzlich rüttelte mich jemand am Arm. Wir fuhren eben in einen Bahnhof ein.

»Fahrscheine bitte!«, rief der Schaffner.

Hast du schon mal so richtig Panik gehabt? Ich saß auf meinem Sitz und hätte mich am liebsten mit einem Schleudersitz aus dem Zug katapultiert. Aber ich war wie festgefroren, während der Schaffner die Fahrscheine auf dem Handy des Mannes scannte.

Er wandte sich an mich. »Deinen Fahrschein bitte.«

Das war es. Endstation. Hatte diese Stadt ein Gefängnis? Bestimmt.

Amin würde für immer in Düsseldorf verschollen bleiben, Zaki nach Syrien abgeschoben werden und ich hier im Knast landen.

»Hast du gehört?«, fragte der Schaffner.

»Äh, wie bitte?« Ich stellte mich dumm.

Der Schaffner wurde ungeduldig. »Deinen Fahrschein, Junge!«

»Ich, ich … also, das ist so …«

»Ach herrje. Wo habe ich nur meinen Kopf? Ich habe völlig vergessen, eine Karte für meinen Neffen zu kaufen. Er gehört zu mir«, sagte der Mann mir gegenüber plötzlich. Ich sah mich um. Wen meinte er? Er kramte in seiner Tasche herum und zog sein Handy heraus. Dann blickte er mich an, mit einem großen Fragezeichen in den Augen.

»Nach Düsseldorf!?« Es klang wie eine Feststellung, aber in Wahrheit war es eine Frage.

Trotz meines pochenden Herzens schaffte ich es zu nicken. »Ja, Düsseldorf!« Er kaufte das Ticket per App und zeigte es dem Schaffner.

Der grüßte höflich und zog weiter.

Ich wusste nicht, wohin ich schauen und was ich sagen sollte.

»Danke«, brachte ich schließlich hervor. »Sie haben gerade zwei Menschen das Leben gerettet.« Es bestand noch Hoffnung für Amin und Zaki.

»Bedank dich nicht. Ich habe das Gefühl, dass ich soeben eine große Dummheit gemacht habe«, antwortete der Mann.

Ich starrte ihn an. Konnte es sein? Mit einem Mal war ich mir sicher: Er hatte denselben Gendefekt wie ich! Kurz scannte ich seine Haarfarbe und die Augen. Braun und grün. Nein, das passte nicht. Anscheinend gab es noch andere Eltern, die genauso verrückte Gene hatten. Ich war trotzdem unendlich dankbar. Er nickte und seufzte.

Die Fahrt nach Düsseldorf dauerte noch mehrere Stunden. Manchmal schlief ich. Zwischendrin spielte ich mit Toms Uhr und mit Tobis Handy. Er hatte ein paar Spiele drauf, die mir die Zeit vertrieben. Aber die meiste Zeit dachte ich an Amin und las in seinem Notizbuch.

Fußball ist vorbei. Ich durfte nicht mitmachen. Ich saß auf die Bank, die ganze Zeit.

Nach die Turnier kam Matteo. Mit meine Schuhe. Er hat gefragt, ob ich die suche? Weil er sie gefunden hat. Er lügt. Er hat sie genommen.

Johnny hat verloren.
Ich werde nie Sheriff sein. Ich werde immer alleine sitzen.
Und dann habe ich gedacht: Heute fahre ich.
Seitdem ist mir ganz schlecht. Weil ich weiß, ich werde es tun.
Heute nach die Schule.
Ich habe Angst.
Aber ich muss.

Es dämmerte schon, als der Zug in Düsseldorf einfuhr. Eiskalte nasse Luft schlug mir entgegen, sobald sich die Zugtüren öffneten. Ich setzte einen Fuß auf den Bahnsteig und blieb stehen. Ich hatte einen beschaulichen, kleinen Bahnhof erwartet. Doch diese Bahnhofshalle war gewaltig, mit einem riesigen Dach, unter dem die Tauben umherflogen. Rolltreppen führten in alle Richtungen, überall tummelten sich Menschen.

Auf einmal drückte mich ein Mann mit seinem Gewicht zur Tür raus.

»Schlaf nicht ein, Junge, auch andere müssen aussteigen!«, rief er.

Schnell sprang ich beiseite. Und sah mich um. Und fragte mich: Wie um alles in der Welt sollte ich Amin jemals finden? Ich hatte mir Düsseldorf klein und gemütlich vorgestellt. Ich dachte, jeder hier kennt sich. Und jeder weiß, wo Amin ist.

Aber das hier war ein Dschungel. Einer, in dem man sich verlaufen konnte und nie wieder auftauchte. Es war eine Stadt, die einen verschluckte.

Und allmählich wurde mir klar, warum Amin verschollen war.

## Alles verloren

Am liebsten wäre ich mit dem nächstbesten Zug wieder nach Hause gefahren. Mit bibbernden Fingern zog ich die Jacke enger um mich und steckte die Hände in die Taschen.

Was nun, du Held?, fragte ich mich. Mama sagt immer, wenn man nicht weiterweiß, darf man den Humor nicht verlieren. Dann fällt einem bestimmt etwas ein.

Also wartete ich mit Humor auf einen zündenden Gedanken. Aber weil ich nach zwanzig Minuten immer noch keine Idee hatte, wo ich suchen sollte, ging ich einfach los. Immerhin hatte ich mir ein System überlegt. Wenn ich immer links abbog, dann konnte ich mich nicht verirren. Dann musste ich auf dem Rückweg immer die Straße rechts nehmen. Auf keinen Fall wollte ich selbst verloren gehen. Schon nach kurzer Zeit stellte ich fest, dass ich Düsseldorf nicht mochte. Die Menschen hier waren ausgesprochen einfallslos. Alles sah gleich aus. Es gab zehn Elektroläden, die alle gleich hießen, in allen Schaufenstern hing die gleiche Reklame für die neue Kaffeemaschine. Und selbst die Menschen sahen alle wie Klone aus.

Moment mal. Ich stutzte. An dem Mann mit Hut, der laut in sein Handy plärrte, war ich doch schon vorbeigekommen! Ich sah mich um. Ich sah nach rechts und links. Und dann wurde mir schlagartig klar, dass ich die letzte halbe Stunde im Viereck gelaufen war.

Und so was nannte sich Sheriff!

So wird das nichts, dachte ich. Es könnte Jahre dauern, Amin zu finden. Und dann wären die Köfte verschimmelt. Frustriert setzte ich mich auf eine Bank. Ich brauchte einen Anhaltspunkt. Ich schlug Amins Notizbuch auf:

Matteo sagt, er weiß, wo Madar und Padar sind. Ich habe viel Angst, dass er lügt. Aber ich muss es versuchen. Ich muss sie finden! Aber wie? Ich kann niemand fragen. Sonst lassen sie mich nicht gehen.

Ich habe Frau Ohrner in geheim ausgefragt. Ich hatte viel Angst, dass sie merkt, was ich tun will. Aber dann habe ich mir vorgestellt, ich bin ein Sheriff – und habe gefragt, wohin Flüchtlinge in Düsseldorf gehen. Sie hat sagt, da gibt es auch eine Erstaufnahme für Asyl oder so. Ich glaube, wenn sie wo sind, dann da.

Ich schlug das Notizbuch zu. Natürlich, warum war ich da nicht selbst draufgekommen? Amin würde seine Eltern in einer Asylunterkunft suchen. Schnell tippte ich in Tobis Handy in der Suchmaschine *Asylunterkunft – Düsseldorf – Erstaufnahme* ein. Und *pling!*, schon hatte ich ein Ergebnis. Ich dankte Tobis Eltern, dass sie nicht so streng mit Handys waren wie meine. Dann suchte ich noch nach dem Weg. Ich hatte Glück. Es war nur eine halbe Stunde entfernt von hier.

Vor dem Gebäude war es leer. Was hätte ich dafür gegeben, ein Mädchen wie Ava zu treffen. Aber da war niemand. Die Türen waren zu, und reinzugehen traute ich mich nicht. Ich stand eine Ewigkeit in der Kälte, bis endlich zwei Frauen herauskamen. Sie musterten mich argwöhnisch. Wahrscheinlich verirrten sich nicht oft Menschen hierher, die nicht hier wohnten.

Ich nahm all meinen Mut zusammen und fragte sie nach Amin, aber sie kannten ihn nicht. Genauso wenig wie die anderen Menschen, die jetzt ebenfalls herauskamen. Niemand hatte Amin je gesehen oder von ihm gehört. Und wieder stand ich da wie am Anfang meiner Suche.

Toms Uhr zeigte inzwischen 20.30 Uhr. Es war dunkel. Bald würden die Straßen menschenleer sein. Und ich hatte kein Dach über dem Kopf und keinen Platz zum Schlafen. Es war eiskalt. Eine Nacht hier draußen, und man würde mich am Morgen wie eine tiefgefrorene Forelle auftauen müssen.

Wenn meine Eltern die Schlagzeile lasen, würden sie in Ohnmacht fallen:

**Wer kennt Eismumie aus Düsseldorf?**

Ich kapierte, dass meine Suche zu Ende war, ehe sie begonnen hatte.

Schweren Herzens nahm ich das Telefon. Sicherlich hatten meine Eltern bemerkt, dass ich nicht beim Training gewesen war. Und bestimmt machten sie sich riesige Sorgen. Zum Glück kannte ich Mamas und Papas Nummer auswendig. Sie mussten mich hier rausholen. Irgendwie.

Ich tippte auf den Handybildschirm. Aber das Display blieb schwarz. Der Akku war leer. Und ich jetzt völlig auf mich alleine gestellt.

# Fremder Freund

Jetzt weißt du's: Das alles ist seit Amins Verschwinden passiert.

Vielleicht steht mein Name wirklich bald in der Zeitung. So was wie:

**Mumie identifiziert – sein Name war Johnny**

Vielleicht sind das hier meine letzten Worte. Ein letzter Hauch, bevor ich vor Kälte erstarre.

Weil ich friere, wickle ich die Jacke noch fester um mich. Ich fühle mich elend. Ich denke an Amin. Und an Zaki. Denn ich konnte ihnen nicht helfen. Zaki muss vielleicht wieder in den Krieg. Und ich werde nie erfahren, was aus Amin geworden ist.

Wenn nicht ein Wunder geschieht, könnte es Tote geben.

Aber an Wunder glaube ich nicht mehr. Und ich weiß nicht weiter. Weil mir nichts Besseres einfällt, suche ich den Weg zurück zum Bahnhof. Das ist der einzige Ort, den ich kenne. Inzwischen sind meine Füße Eisklumpen. Meine Hände spüre ich nicht mehr. Ich habe Durst, und ich habe Hunger.

Und aufs Klo muss ich auch.

In der Toilette riecht es nach Zitronenpipi. Eklig. Aber immerhin ist es warm. Vielleicht der wärmste Ort in ganz Düsseldorf. Nach dem Geschäft bleibe ich auf der Klobrille sitzen. Was soll ich auch sonst tun? Müde und hoffnungslos nehme Amins Büchlein heraus und blättere es auf.

Heute hat Zaki Geburtstag. Ich schenke ihm ein Stofftasche für sein Bücher. Aber ich sage nicht, dass ich gehe. Sonst lässt er mich nicht. Er macht sich Angst um mich.

Es gongt. Ich muss zurück in Klassenzimmer. Das letzte Mal. Weil wahrscheinlich komme ich aus Düsseldorf nie mehr wieder.

Ich blättere um. Die Seiten sind leer. Das war Amins letzter Eintrag. Ich fühle mich hundeelend. Ich habe Amin nicht gefunden. Seine Suche nach seinen Eltern war vergeblich. Jetzt ist er selbst verloren und für immer verschollen. Und ich bin sicher, dass sein Name niemals in einer Zeitung stehen wird. Weil er unsichtbar ist. Er wird verschwinden aus dieser Welt. Einfach so.

Und auch Zaki ist verloren, denn ich habe nicht beweisen können, dass er Amin nicht entführt hat.

Ich selbst komme vielleicht auch nie mehr nach Hause. Die ganze Aktion hat nichts gebracht. Meine Eltern werden ihr Leben lang um mich trauern und sich fragen, ob alles anders gekommen wäre, wenn sie mir ein Handy gekauft hätten. Mit Ladegerät.

Irgendwo spricht jemand. Eine Tür fällt zu. Dann ist es still. Ich kann meinen Atem hören. Wenn ich jetzt zu schluchzen anfange, werden nur die kalten Wände Zeugen meines Elends sein. Sonst niemand.

Plötzlich raschelt es in der Kabine neben mir. Da, noch einmal. Ganz leise. Aber ich habe es gehört. Ich halte die Luft an. Und ich bin mir sicher, dass auch in der Kabine nebenan jemand die Luft anhält.

Mir stellen sich alle Haare auf. Das ist richtig grausig. Was für ein Psychopath versteckt sich hier? Vielleicht guckt der sogar unten durch, um zu sehen, was ich mache.

So leise wie möglich stecke ich das Buch ein und kletterte aufs Klo. Die Trennwand geht nicht ganz bis zur

Decke. Wenn ich mich groß genug mache, kann ich darüber hinweg in die andere Kabine gucken. Ich stelle mich auf die Zehenspitzen, fasse all meinen Mut zusammen, ziehe mich hoch und schaue drüber.

Jemand kniet auf dem Boden. Und guckt unten durch. Ha! Genau, wie ich vermutet habe. Plötzlich muss ich niesen. Oh nein, bitte nicht. Wenn der Psychopath mich sieht! Ich versuche, es zu unterdrücken, aber es macht trotzdem: *Htsch!*

Der Mensch da unten fährt erschrocken hoch und starrt mich an.

Und ich starre zurück.

In zwei schokoladenbraune Augen. Hinter einer Maske. Oder einer Brille. Wie man's nimmt.

Und in ein Gesicht, das ich unter tausend anderen wiedererkannt hätte, obwohl ich es fast vergessen hatte.

Es ist Amin!

## Blinde Passagiere

Amin sieht zu mir hoch wie ein schockgelähmtes Kaninchen. Ich kann die Sekunden zählen. Einundzwanzig, zweiundzwanzig, dreiundzwanzig …

Plötzlich regt sich etwas in seinem versteinerten Gesicht. Es ist, als würde der Mond aufgehen. Sein Mund öffnet sich, seine Augen fangen an zu leuchten, ein Grübchen erscheint in seiner Backe.

»Johnny? Was machst du hier?«, fragt er voller Verwunderung.

Was soll ich darauf sagen? Anstatt zu antworten, dränge ich mich zu ihm in seine Kabine. Zu zweit setzen wir uns auf den Klodeckel. Weil wir beide nicht wissen, was wir sagen sollen, packe ich die Köfte und die Baklava aus. Amins Augen werden groß wie Suppenschüsseln. Er stürzt sich auf das Essen wie ein verhungerter Tiger. Ich probiere auch ein paar. Aber das meiste überlasse ich ihm.

»Hast du deine Eltern gefunden?«, frage ich, als die Tupperbox leer ist. Obwohl ich die Antwort schon ahne, hoffe ich doch für Amin, dass ich mich irre.

»Sie sind nicht hier. Und meine Geschwister auch nicht«, antwortet er leise. Dann erzählt er mir von seiner erfolglosen Suche. Und dass er irgendwann aufgegeben hat, sich aufs Klo gesetzt hat und hierbleiben wollte, bis er umfällt.

Das Klo ist seine Zuflucht. Wie in der Schule.

»Umfallen kannst du später. Mir ist es hier jedenfalls zu muffig. Wir sollten jetzt erst mal nach Hause fahren«, sage ich irgendwann.

»Ich habe kein Zuhause. Ich gehe nirgendwo.«

Ich habe mit allem gerechnet, aber nicht damit.

Du willst aufgeben?, will ich rufen. Und: Das geht nicht, du bist doch Maskboy! Doch dann fällt mir gerade noch rechtzeitig ein, dass ich sein Tagebuch ja heimlich gelesen habe und nichts darüber wissen darf.

»Du willst hierbleiben? Für immer und ewig auf dieser Kloschüssel sitzen?«, frage ich stattdessen. Ungläubig starre ich ihn an.

Amin presst die Lippen aufeinander. Auf einmal sieht er so verloren aus.

»Aber du musst zurückkommen! Wir müssen Zaki retten!«

Seine Augen werden hinter der Brille auf einmal ganz groß.

»Du kennst Zaki?«

»Ja, und er steckt in großen Schwierigkeiten.«

Ich erzähle Amin, wie Frau Beckbaum der Klasse eröffnet hat, dass er verschwunden ist. Ich erzähle von der Polizei, die uns ausgefragt hat, und von Frau Ohrner, der ich bis zur Asylunterkunft gefolgt war. Ich erzähle von meiner ersten Begegnung mit Zaki, dem Regal, das umgefallen ist, wie er mir aus der Patsche geholfen hat und von seiner Verhaftung. Nur von dem Tagebuch, das ich heimlich gelesen habe, erzähle ich nichts. Auch ein *Sheriff* darf einmal im Leben feige sein.

Als ich fertig bin, sagt er nichts. Erst viel später kapiere ich, dass er das immer so macht. Er überlegt erst lange, bevor er etwas sagt. Im Gegensatz zu mir. Ich rede immer zuerst. Und denke dann.

Ich fühle mich seltsam in der Wortlosigkeit. Deshalb sage ich noch etwas. Etwas, das ich noch nie jemandem erzählt habe (außer dir). Ich erzähle ihm von meinen verbuggten Genen. Und davon, dass ich glaube, adoptiert zu sein.

Amin schweigt noch immer. Auf seiner Stirn bildet sich eine Denkfalte. Dann sagt er: »Ich bin froh, dass deine Gene nicht gut funktioniert. Sonst wärst du nicht gekommen.« Er sieht mich an. »Und niemand würde Zaki helfen!«

Ich staune. So habe ich das noch nie betrachtet.

»Verstehst du jetzt, warum wir zurückmüssen? Wenn wir beweisen, dass Zaki dich nicht entführt hat, dann müssen sie ihn freilassen!«

Amin springt auf. »Los! Wir müssen Zaki retten!«

Der nächste Zug geht um 21.10 Uhr. Seit Tagen verlässt Amin zum ersten Mal das Klo. Wir müssen rennen, um den Zug nicht zu verpassen. Plötzlich wird mir ganz heiß und kalt. Ich habe nur 37 Euro. Das reicht nur für einen.

»Fahr du«, sagt Amin mutig. Und ich sehe, wie etwas in ihm zusammenfällt. Ich schüttle den Kopf. »Nein, wir beide oder keiner!«, bestimme ich. Ich merke, wie der *Sheriff* in mir wieder zurückkommt.

Unter Protest zerre ich Amin zum Zug. Wir schmuggeln uns hinein und sperren uns heimlich auf dem Klo ein. Übung haben wir ja jetzt, zu zweit auf der Schüssel zu hocken. Doch hier sitzen wir übereinander, weil es so eng ist. Leider haben wir nichts mehr zu essen, und so lauschen wir der Blechtonne, die aus dem Lautsprecher hustet. Irgendwann setzt sich der Zug in Bewegung.

»In Afghanistan es gibt keine Züge«, sagt Amin.

»Nicht?« Ich staune. Dann füge ich hinzu: »Tut mir leid, dass ich dich im Fußball nie ausgewählt habe.« Es ist mir wichtig, dass er das weiß.

Plötzlich fischt er aus seiner Jacke einen kleinen Hacky Sack.

»Willst du sehen?« Er steht auf und lässt den Ball in die Luft fliegen. Wir haben kaum Platz, aber den braucht Amin auch nicht. Er fängt ihn mit dem Kopf, lässt ihn auf den Fuß rutschen und balanciert ihn im Kreis um sein anderes Bein. Amin vollführt einen Trick nach dem anderen. Ich bin baff.

Irgendwann fängt er den Ball wieder und setzt sich hin. »Mit mir ihr hättet gewonnen«, sagt er siegesgewiss.

»Ich weiß«, gestehe ich fassungslos.

Wir müssen grinsen.

Und plötzlich müssen wir losprusten und werden vor Lachen regelrecht durchgeschüttelt. Amin zieht sich die Mütze über den Kopf, damit man uns nicht hört, und ich beiße in meinen Ärmel. Wenn man uns jetzt erwischt, ist die Kacke am Dampfen!

Als wir uns wieder einkriegen, merken wir, wie beschwerlich es ist, als Straftäter unterwegs zu sein. Das Klo ist so eng, dass es noch nicht mal ein Fenster gibt, aus dem man rausschauen kann. Ständig kommen wir uns mit unseren Beinen in die Quere. Ich hoffe inständig, dass ich nicht pinkeln muss, weil pinkel mal mit jemandem huckepack! Noch dazu drückt meine Sporttasche auf meinem Rücken. Ich weiß nur nicht, ob das daher kommt, weil sie so schwer ist, oder daher, dass Amins Notizbuch da drin ist und auf mein Gewissen drückt.

»Ist Matteo jetzt der Anführer von *Sheriffs*?«, fragt Amin auf einmal.

»Wie kommst du darauf?« Ich bin überrascht.

»Er hat es Freddy auf dem Klo erzählt«, sagt er.

»Er hat es versucht. Aber unterschätze nie einen *Sheriff*!« Ich grinse.

»Ich war bei dir zu Hause. Ich wollte dich warnen, bevor dass ich gehe. Aber du warst nicht da.«

Jetzt bleibt mir die Spucke weg. Fassungslos sehe ich ihn an.

»Deshalb hast du bei mir geklingelt? Um mir das zu sagen?«

»Ja. Wieso nicht?«

Na, weil er doch selbst in großer Not war. Und trotzdem wollte er mir helfen? Ich schaue Amin ungläubig an. Und ich begreife, dass alles, was ich über ihn gehört habe, nur Geschichten sind und in ihm viel mehr steckt, als je auf einen Zettel passen würde.

Ich lange in meine Hosentasche und hole meine Notiz heraus:

- Amin ist ein UMF (Flüchtling)
- Amin hat keine Freunde
- Amin hat keine Mama und keinen Papa, nur Amma, aber die starrt die Wand an
- Jemand hat Amins Fußballschuhe geklaut
- Amin ist keine Petze, obwohl er wusste, wer es war
- Amin hat auf das Büchlein den Sheriffstern gemalt
- Amin hat Zahlen gemalt, und die 37 war wichtig
- Amin hat vielleicht ein Handy geklaut. Aber vielleicht auch nicht

Ich zerreiße den Zettel und schmeiße ihn in den Mülleimer.

»Was war das?«, will Amin wissen.

»Nur ein Papier«, sage ich. Ich beschließe, ihm von dem Tagebuch zu erzählen. Ich will kein Geheimnis vor ihm haben. Aber plötzlich hämmert es gegen die Tür.

»Aufmachen!«, ruft jemand. »Sie können das Klo nicht stundenlang besetzen!«

Doch, können wir. Oder nicht? Ich sehe Amin an. Auch ihm steht die Panik ins Gesicht geschrieben.

»Ist alles in Ordnung da drin?«, will jetzt einer wissen.

»Soll ich jemanden rufen?«, fragt ein anderer.

Wir rühren uns nicht. Wir wagen kaum zu atmen. Unsere einzige Chance ist tot stellen und hoffen, dass sie irgendwann aufgeben.

Und dann geschieht es. Jemand hat den Schaffner alarmiert. »Hey, wer ist da drinnen? Machen Sie auf!«, ruft er durch die Tür und rüttelt an ihr. Seine Stimme klingt gar nicht freundlich. Und zum ersten Mal frage ich mich, ob der Schaffner nicht schon oft irgendwelche Schwarzfahrer aus dem Klo geholt hat. Und die sitzen jetzt alle im Gefängnis. Und unsere Tupperbox ist leer.

Amin muss es ähnlich gehen wie mir. Er ist ganz blass. Schweigend und mit Herzklopfen starren wir die Tür an.

Plötzlich wird sie aufgerissen. Einfach so! *Zack!* Und zwei blaugraue Augen unter einer blauen Mütze starren uns an.

»Das sind ja noch Kinder!«, ruft eine Frau, die dem Schaffner über die Schulter guckt. »So spät alleine unterwegs!«

»Und Schwarzfahrer noch dazu! Wo sind eure Eltern?«, ruft ein Mann. Er klingt empört.

»Das interessiert mich allerdings auch!«, sagt der Schaffner.

Amin und ich schauen uns an. Wir ahnen beide, dass

Lügen jetzt zwecklos ist. Irgendwann muss man für seine Fehler bezahlen. Wer weiß das besser als ich?

# Verlorene Superkräfte

Wir haben unsere Geschichte kaum zu Ende erzählt, da hält der Schaffner schon ein Telefon an sein Ohr und plärrt in den Hörer. Er steht ein paar Meter von uns entfernt, aber ich höre Worte wie »Kinder«, »alleine«, »Polizei«, »schwarzfahren«.

»Schicken die mich jetzt zurück?«, fragt Amin.

Entsetzt schaue ich ihn an. Daran habe ich noch gar nicht gedacht! Was wird mit Amin passieren? Im Knast zu landen, ist eine Sache. Aber zurück in den Krieg zu müssen, eine andere.

»Ich weiß nicht«, sage ich ehrlich. Freunde sagen sich nun mal die Wahrheit. Egal, wie beschissen sie ist.

Amin nickt tapfer und rafft seine Schultern. Er vergießt noch nicht mal eine Träne. Superhelden flennen nicht, schießt es mir durch den Kopf.

Einmal mehr frage ich mich, woher er den Mut nimmt. Und ich komme mir auf einmal vor wie ein riesiger Feigling. Seufzend ziehe ich Amins Büchlein aus meinem Rucksack.

»Es tut mir leid. Ich habe es nur gelesen, weil … weil …« Mir fehlen die Worte.

»Weil du viel neugierig bist?« Amin reißt mir das Buch aus der Hand.

So kann man es auch sagen. Zerknirscht nicke ich. Seine Augen sind noch dunkler geworden. Ich weiß nicht, ob er jetzt sauer ist.

»Deshalb auch. Und weil …« Ich fische nach Worten, die alles erklären.

»Weil du ein *Sheriff* bist.« Er lächelt mich an. Und ich bin unendlich erleichtert.

»Der Zug endet hier, bitte rechts aussteigen«, hustet es aus den Lautsprechern.

Der Schaffner, der uns nicht aus den Augen gelassen hat, weist uns an, unsere Jacken und Mützen anzuziehen, und schiebt uns durch die Türe nach draußen. Anscheinend hat er Angst, dass wir abhauen können, denn seine Hände liegen auf unseren Schultern.

Es ist inzwischen weit nach Mitternacht, aber die künstlichen Lichter erhellen den Bahnhof. Ich trete nach draußen. Dort wimmelt es von Polizisten. Sie stürmen auf uns zu, als wir den Bahnsteig betreten. Ich habe nicht gedacht, dass ich so schnell im Knast lande.

»Adios, Freiheit«, murmle ich und lege meine Handflächen aufeinander. Es soll ehrenvoll aussehen, wenn sie mir die Handschellen anlegen.

Schon ist der erste Polizist zur Stelle. Er tritt auf mich zu.

»Alles gut, ich übernehme ihn«, sagt er zum Schaffner. Die Stimme kommt mir bekannt vor. Ich schaue genauer hin. Und erkenne ihn: Es ist der Bär.

Auf einmal drängt sich jemand zwischen den anderen Polizisten durch. Meine Eltern. Sie haben Niko im Schlepptau und stürmen auf mich zu. Mama reißt mich in ihre Arme. Tränen laufen über ihre Wangen. Ich warte auf die Standpauke. Aber anstatt mit mir schimpfen, busselt sie mich von oben bis unten ab. Die gleiche Prozedur durchlaufe ich mit Papa, bis ich ein einziger Knutschfleck bin. Nur Niko steht wortlos daneben und rührt sich nicht.

Als ich mich von Mama und Papa befreie, drehe ich mich um. Amin steht neben dem Bären und sieht zu uns. Er lächelt mich an. Aber ich sehe ihm an, wie sehr er seine Eltern vermisst. Ob er sie jemals finden wird? In dem Moment wird mir die wichtigste Lektion meines Lebens klar: Es spielt keine Rolle, woher mein Gendefekt kommt. Das Einzige, was zählt, ist, dass ich jemanden habe, der mich liebt, wie ich bin.

Der Bär wartet höflich, bis alle zu Ende geknutscht haben.

»Hallo, Johnny«, sagt er schließlich.

»Sie dürfen Zaki nicht abschieben. Er hat Amin nicht entführt. Amin ist hier!«, platze ich heraus. »Und Amin auch nicht, er darf nicht zurück in den Krieg, er hat nur seine Eltern gesucht, und ich habe ihn überredet schwarzzufahren, er kann nichts dafür, dass …«

»Um Himmels willen, wie kommt ihr denn da drauf?«, fragt der Bär entsetzt. »Niemand wird Amin abschieben oder ihm etwas antun.«

Es dauert eine Sekunde, bis die Worte zu mir durchsickern. Aber ich sehe in das ehrliche Bärengesicht und weiß, dass er nicht lügt. Der Bär wendet sich an Amin. »Du hast deine Eltern nicht gefunden?«

Amin blickt auf seine Füße und schüttelt den Kopf.

Der Bär seufzt. »Nun gut. Ihr braucht jetzt eine Mütze voll Schlaf. Den Rest regeln wir morgen.«

Der Bär ist nett. Er fährt uns alle nach Hause. Im Auto ist Amin ganz still. Als wir bei der Asylunterkunft ankommen, steigt er ohne ein Wort aus. Ich sehe ihm nach, wie er in den Klotz geht. Allein.

Meine Mama sieht mich an. Und dann den Bären. Er nickt. Wir alle denken dasselbe. »Los, geh ihm nach!«, sagt Mama.

Schnell öffne ich die Autotür und hole Amin ein. Hinter mir höre ich, wie Mama mit dem Polizisten spricht.

»Warte! Willst du heute Nacht bei uns übernachten?«

Amin dreht sich um. Ich glaube, in seinem Auge eine Träne zu sehen. Erst zuckt er mit den Achseln. Dann nickt er. »Okay.«

In dem Moment steigt der Bär aus. Er klopft Amin auf die Schulter.

»Na, komm schon. Ich gebe Frau Ohrner Bescheid.«

Mama legt eine Matratze neben mein Bett. Für Amin. Obwohl es mitten in der Nacht ist, liegen wir noch lange wach. In mir kribbelt es überall. Und ich glaube, in Amin auch.

Keiner von uns kann schlafen. Und Amin hat noch immer seine Brille auf. Klar, Superhelden sind immer bereit.

»Muss doch voll unbequem sein«, frage ich ihn trotzdem.

»Madar hat dafür unsere Ziegen verkauft. Brillen kosten viel. Ich muss auf sie aufpassen. Ich habe es sie versprochen.«

Und dann erzählt er von dort, wo er herkommt. Von dem kleinen Dorf. Nahe einer Stadt. Amin braucht eine Stunde zu Fuß zur Schule. Aber es hat ihm nichts ausgemacht. Er ist gerne zur Schule gegangen. Dort hatte er Freunde. Doch dann wurde die Schule zerstört. Es war zu gefährlich hinzugehen. Es war auch gefährlich, das Haus zu verlassen. Oder auf den Markt zu gehen, um Essen zu kaufen. Oder zu arbeiten. Wenn seine Eltern rausgingen, wusste er nie, ob sie wieder zurückkommen. Er hat immer gewartet, am Fenster. Den ganzen Tag. Obwohl sein Vater ihm verboten hat, am Fenster zu sitzen. Auch das ist zu gefährlich. Und irgendwann gab es keine Arbeit mehr. Und auch nicht mehr genug zu essen. Manchmal tagelang nur trockenes Brot. Manchmal nichts. Nicht mal sauberes Wasser. Einer seiner Freunde wurde weggeschickt. Alleine. Weil seine Eltern nicht die ganze Familie ernähren konnten.

Amin hatte Angst. Dass auch er wegmuss. Oder Adil sein älterer Bruder. Aber seine Eltern haben niemanden weggeschickt.

Und dann, eines Nachts, gab es plötzlich einen lauten Knall. Und überall Rauch und Feuer. Alles war zerstört.

Und da waren Männer. Die haben geschossen. Amin hatte keine Zeit zu schauen, ob noch etwas von seinen Sachen ganz war. Er hat nichts mitgenommen. Nur seine Brille. Dann sind sie gelaufen. Tagelang. Adil hat Fasila getragen. Ihre Füße waren wund. Adil ist stark. Fasila ist die Jüngste. Aber dann sind sie mitten in einen Angriff gekommen. Es gab eine Explosion. Ein Fremder hat ihn hochgerissen und ist mit ihm weggelaufen. Er hat Amin gerettet. Dann war überall Rauch. Und überall liefen Menschen durcheinander. Es gab viele Tote. Und als Amin sich umsah, waren seine Eltern weg. Und Adil, Fasila und Dalir auch. Er konnte sie nirgends finden. Tagelang hat er sie gesucht. Er hat auf der Straße geschlafen. Und in leeren Häusern. Und irgendwann hat er seine Brille zurechtgerückt und sich gesagt, dass er nach Deutschland muss. Das war ihr Ziel gewesen. Er war sich sicher, dass er sie hier findet.

Auf einmal verstummt Amin. Bestimmt denkt er an seine Eltern und seine Geschwister. Ich will etwas sagen. Aber was sagt man einem Superhelden, der seine Kraft verloren hat?

# Rashid und Niko

Weil Samstag ist, müssen wir am nächsten Tag nicht in die Schule gehen. Ich wache spät auf. Die Matratze neben mir ist leer. Aus Nikos Zimmer höre ich Lachen. Ich öffne die Türe. Dort sitzt Amin neben Niko auf dem Boden. Sie spielen *Mensch-ärgere-Dich-nicht.* Als Niko mich erblickt, versteinert sein Gesicht. Ich sehe ihm an, dass er traurig ist. Und mir versetzt es einen Stich ins Herz.

»Spielst du mit?«, fragt Amin. Als wäre es selbstverständlich.

Ich sehe Niko an. Wir sind in seinem Zimmer. Auf seinem Territorium. Plötzlich wird mir klar, dass er mich noch nie aus seinem Zimmer geschmissen hat. Im Gegensatz zu mir. Diesmal hätte er allen Grund dazu.

»Das ist mein Zimmer! Und ich bestimme, wer mitspielen darf«, ruft er.

»Niko hat recht, hier ist nicht genug Platz«, sage ich. Und weiß nicht, ob ich das Zimmer meine.

»Doch. Du darfst mitspielen. Ich sag doch, ich bestimme. Aber nur wenn ich viermal würfeln darf!«, ruft Niko. »Nur dann!«

»Okay!« Ich lächle und setze mich zu ihnen.

Papa bringt Amin in die Asylunterkunft. Ich verbringe den Vormittag auf dem Polizeirevier. Der Bär will alles ganz genau wissen. Meine Eltern sitzen neben mir, während ich erzähle, wie ich Amins Spur gefolgt bin, den Zug nach Düsseldorf genommen habe und Amin schließlich auf dem Klo gefunden habe. Nur die Sache mit dem Mann, der mir das Zugticket gekauft hat, verschweige ich. Ich möchte nicht, dass er wegen mir Schwierigkeiten bekommt. Schließlich kann auch er nichts für seine Gene.

Der Bär staunt nicht schlecht und macht sich unheimlich viele Notizen. Ich frage mich, ob diese auch irgendwann bei Direktor Klinger auf dem Schreibtisch landen.

»Du bist eine ausgezeichnete Spürnase. Wer weiß, vielleicht willst du auch irgendwann für die Polizei arbeiten?«, sagt der Bär.

»Vielleicht«, antworte ich. Und dann stelle ich die Frage, die mir seit Stunden auf der Zunge brennt. »Was passiert jetzt mit Zaki?«

»Nun, wenn Amin deine Aussagen bestätigen kann, dann habt ihr bewiesen, dass er unschuldig ist und Amin nicht entführt hat.«

»Und wegen der Waffe?«

»Ja, das war eine große Dummheit. Die Schreckschusspistole war nur mit einer Platzpatrone geladen. Das ist im Grunde nicht verboten. Ich denke, er wird mit einem blauen Auge davonkommen.«

Ich atme erleichtert aus.

»Kann ich ihn besuchen?«

»Nicht, solange er noch in Untersuchungshaft ist. Aber spätestens morgen wird er entlassen.«

Am nächsten Tag stehe ich um sechs Uhr früh auf. Ich frage mich, wohin Zaki gehen soll, jetzt, wo er seine Arbeit und seine Wohnung verloren hat. Stundenlang starre ich auf das Foto, das zwischen seinen Sachen gelegen hat. Er lacht mich darauf an.

Ich nerve Mama und Papa so lange, bis sie endlich einwilligen, mit mir zum Blumenladen zu fahren. Wo sonst sollte Zaki hin?

Es ist schon Mittag, als wir dort eintreffen. Der Blumenladen ist zu. Ein kleiner Schneesturm hat eingesetzt. In ein paar Tagen ist Weihnachten. Ich putze mit dem Ärmel die Scheiben frei und luge hindurch. Die Blumen sehen aus wie gewöhnliche Blumen in gewöhnlichen Vasen. Keine Schwäne, keine Sterne, keine Herzen. Mein Herz sackt in die Hose. Die sind nicht von Zaki. Zaki ist ein Blumenzauberer. Er bastelt aus dem einfachsten Strauß ein Meisterstück.

»Jonas, hör auf, dich um andere Leute zu sorgen«, sagt mein Vater.

Das macht mich wütend. »Warum? Du machst dir doch auch Sorgen um mich.«

»Das ist etwas anderes. Du bist ein Kind. Mein Kind.«

»Und ist Zaki nicht auch das Kind von jemandem? Und

Amin? Was wäre, wenn ich alleine in einem fremden Land wäre und ihr weit weg? Würdet ihr nicht wollen, dass sich jemand um mich kümmert?«

Mein Vater will etwas erwidern, verstummt aber. Ich lange in meine Hosentasche und ziehe das Foto von Zaki mit seinen Geschwistern heraus. Ich will es Zaki unbedingt zurückgeben. Ich zeige es Papa.

Er betrachtet lange Zakis glückliches Gesicht. Und seine Geschwister.

»Du hast recht«, sagt er schließlich. »Wir Erwachsenen sind manchmal taub und blind für das Leben.« Er sieht mich an. »Hast du eine Idee, wo er sonst sein könnte?«

Auf dem Kiesplatz vor der Asylunterkunft spielt Ava mit anderen Kindern. Sie rollen Kugeln für einen Schneemann.

»Ich will nach Hause«, jammert Niko. »Ich will auch Schneemänner bauen! Nur wegen Johnny sind wir hier.«

»Halt endlich die Klappe, Niko«, zischt meine Mama. Niko starrt sie an. Dann mich. Dann verstummt er. Ich lege einen Arm um ihn.

Als Ava mich sieht, läuft sie auf mich zu. »Amin ist zurück, Amin ist zurück!«

Ich erwarte, dass sie vor dem Tor stehen bleibt. Aber das Glück in ihrer Brust ist so groß, dass sie über die unsichtbare Schwelle tritt. Sie umarmt mich. »Hast du gehört?«

»Ja, habe ich.« Ich lächle. »Hast du Zaki gesehen?« Die

Asylunterkunft ist meine letzte Hoffnung. Wo könnte er sonst sein?

Ava schüttelt den Kopf. Enttäuscht lasse ich die Schultern hängen. Ich ahne, dass ich Zaki nie wiedersehen werde. Dabei muss er doch unbedingt sein Foto zurückbekommen. Wie soll er sich sonst an seine Familie erinnern?

»Guck mal. Die hat meine Mütze. Und meine Handschuhe. Und der Junge dahinten hat meine Schuhe«, sagt Niko auf einmal.

Oh-oh. Ich werde rot. Ich spüre Mamas Röntgenblick auf mir. Das Handy kann ich mir jetzt wohl endgültig abschminken. Auf einmal bückt sie sich zu mir herunter und flüstert mir ins Ohr: »Du magst ein Schlitzohr sein, aber du hast dein Herz am rechten Fleck.«

In dem Moment tritt Amin neben mich. Ich gucke ihn an und weiß nicht, was ich sagen soll. Obwohl es erst einen Tag her ist, kommt mir Düsseldorf so weit weg vor. Aber da erscheint das Grübchen in seiner Backe. Und auf einmal ist es ganz einfach. Ich lächle ihn an.

Amin erzählt mir, dass Amma im Krankenhaus ist.

»Frau Ohrner sagt, dass ich in ein Pflegefamilie komme. Weil Amma sich nicht kümmern kann. Bis mein Eltern vielleicht irgendwann kommen und mich holen!«

Er lächelt. Es ist ein kleines Lächeln.

Ich stelle meinen Eltern Ava und ihre Eltern vor. Sie und ein paar andere Bewohner haben sich um uns im Hof versammelt.

»Wo ist eigentlich Niko?«, fragt Mama irgendwann und sieht sich um.

»Rashid hat ihn geschnappt«, antwortet Ava.

Mir wird heiß und kalt zugleich. Niko mag eine Nervensäge sein, aber er ist mein Bruder. Hektisch drehe ich mich um. Ich sehe nur Kinder. Von Rashid keine Spur. Was hat er mit Niko gemacht?

»Dahinten beim Schneemann«, sagt Ava.

Auf einmal entdecke ich Niko zwischen den anderen Kindern. Avas Bruder winkt uns zu.

»Sie spielen«, sagt Ava.

»Das ist Rashid?«, rufe ich ungläubig.

»Aber ja. Was dachtest du denn?« Ava boxt mich neckisch in die Seite.

# Sheriffs forever

Am nächsten Tag ist in der Schule die Aufregung riesengroß. Alle Kinder versammeln sich um Amin und wollen wissen, wo er gewesen ist. Selbst aus den anderen Klassen stecken die Schüler ihren Kopf zur Tür herein, um sich selbst davon zu überzeugen, dass er zurück ist. Frau Beckbaum schließt ihn kurz in ihre Arme, und ich schwöre, da glitzert eine Träne in ihrem Auge. Amin ist die Aufmerksamkeit voll peinlich. Aber dann sehe ich das kleine Grübchen. Ein untrügliches Zeichen, dass er sich freut.

»Jetzt lasst Amin doch erst mal zu Atem kommen. Dann kann er auch in Ruhe erzählen. Wenn er das überhaupt möchte«, sagt Frau Beckbaum.

Unsicher schaut Amin in die erwartungsvollen Gesichter. Dann rückt er die Brille gerade, nimmt allen Mut zusammen und erzählt. Er erzählt von der Asylunterkunft, in der er lebt. Und von seinen Eltern, die er im Krieg aus den Augen verloren hat. Er erzählt von seiner Reise nach Düsseldorf. Und dass er seine Eltern dort nicht gefunden hat. Als er fertig ist, ist es plötzlich mucksmäuschenstill in der Klasse. Das alles hat Amin erlebt. Mir wird heiß und kalt zugleich von dieser Geschichte. Ich glaube, in dem Moment geht es jedem so wie mir.

»Nur wegen Johnny bin ich wieder hier«, sagt er dann noch. Alle drehen sich zu mir um und schauen mich an.

»Wer's glaubt. Der erzählt doch eh nur Lügen!«, höre ich plötzlich jemanden sagen. Ich drehe mich um. Es ist Matteo.

»Das stimmt nicht!«, sagt Amin. »Der Einzige, der Lügen erzählt, bist du!«. Verblüfft starrt Matteo ihn an.

»Genau!«, pflichte ich ihm bei. »Du hast Amins Fußballschuhe gestohlen, damit er nicht mitspielen kann. Weil du Angst hattest, er könnte besser sein als du. Du hast Gerüchte über ihn verbreitet und Lügen erzählt.«

»Ach ja? Sagt er das? Nur Pech, dass ihm niemand glaubt. Und dir auch nicht!«

»Doch, ich!«, ruft plötzlich jemand hinter mir. Überrascht drehe ich mich um. Tobi stellt sich neben mich und Amin.

»Ich auch!«, sagen Ali und Tom fast gleichzeitig.

Auf einmal spüre ich, wie sich eine Hand in meine schiebt. »Ich auch!«, sagt Cora.

Mein Herz klopft auf einmal wie ein Trommelwirbel. Ich grinse. Doch schnell wische ich das Grinsen weg. Auf keinen Fall will ich so dämlich gucken wie ein Schaf. Zum Glück bleibt keine Zeit, weiter darüber nachzudenken. Denn auf einmal steht die ganze Klasse hinter Amin und mir. Sogar King und Kong.

Matteo steht ganz alleine vor uns. Damit hat er nicht gerechnet. Er wird blass.

Und ich erinnere mich an Zakis Worte: *Wenn du alles*

*verlierst, was du hast – dein Haus, deine Eltern, deine Geschwister, deine Heimat –, dann verlierst du auch dich selbst … Wenn du Glück hast, findest du Freunde, die dir helfen, wieder du selbst zu werden.*

Nach der Schule stürmen wir die Treppen herunter. Es ist der letzte Schultag. Bald ist Weihnachten.

Doch zuvor schnappe ich mir Matteo. Ich möchte sichergehen, dass er Amin für immer zufriedenlässt.

»Ich rate dir, lass Amin in Ruhe!«, zische ich ihm zu.

»Warum? Glaubst du, ich hab Angst vor dir?«

»Vor mir nicht. Aber Rashid wird mächtig wütend werden, wenn er erfährt, dass du Amin ärgerst.«

»Rashid? Wer soll das sein?« Matteos Augen sind zwei Schlitze. Er ist auf der Hut.

»Rashid wohnt in Amins Unterkunft. Jeder tut, was er will. So ist das. Niemand legt sich mit Rashid an. Und das solltest du auch nicht.«

Matteo beißt die Zähne aufeinander. Ich kann ihm ansehen, dass er riesigen Bammel vor Rashid hat. Und dass er mich am liebsten packen und gegen die Wand schleudern will. Aber er sagt kein Wort, dreht sich um und geht.

In dem Moment weiß ich, dass er Amin in Ruhe lassen wird.

Mit einem Grinsen stürme ich zu den anderen in die Aula. Am Treppenabsatz bleibe ich wie angewurzelt stehen.

Kennst du das, wenn die Luft um dich knistert? An Weihnachten ist das immer so. Oder wenn Cora sich über mich ärgert und den Whiteboard-Schwamm nach mir wirft. Und jetzt ist das so.

Das Schulhaus ist wie verwandelt. Überall glitzert Weihnachtsdekoration, und es riecht nach Zimt. Weiß-rote Blumensterne und Engel aus Rosen baumeln von der Decke. Selbst ein Adventskranz steht in der Aula. Ich blinzle. Irre ich mich, oder hat er die Form eines Sheriffsterns?

Ich schaue mich um. Auch Amin dreht sich hektisch um sich selbst. Ich weiß, er denkt dasselbe wie ich.

Und auf einmal sehen wir ihn. Er steht bei Knasti-Bodler am Kiosk und trägt blaue Arbeitskleidung.

Schreiend rennen wir auf Zaki zu.

Amin fällt ihm in die Arme. »Da bist du! Ich bin so froh, dass du mich nicht alleine gelassen hast.«

»Und ich bin so froh, dass es dir gut geht«, sagt Zaki und drückt ihn fest an sich.

»Ich habe sie nicht gefunden«, flüstert Amin in Zakis Brust.

»Ich bleibe bei dir. Bis wir sie finden. Versprochen!«

Zaki sieht mich an, wuschelt mir durch meine Haare und drückt mich dann ebenfalls an sich. Sein Anblick kitzelt eine Erinnerung in mir wach. Schnell krame ich das Foto aus meiner Hosentasche und gebe es ihm.

»Tut mir leid, das war das Einzige, was ich von deinen Sachen retten konnte«, sage ich.

Zaki betrachtet es wehmütig und streicht mit dem Daumen über die Gesichter seiner Geschwister. »Danke. Ich dachte, ich hätte es für immer verloren.« Dann lächelt er.

»Hey, ihr haltet den Hausmeister von der Arbeit ab!«, poltert es plötzlich hinter uns. Sofort ducken sich die umstehenden Kinder. Keiner will Knasti-Bodler in die Quere kommen.

»Du bist jetzt Hausmeister?«, fragt Amin ungläubig.

Zaki nickt. »Der Mann von Frau Bodler arbeitet im Gefängnis. Er hat mir ausgerichtet, dass ich mich bei ihr melden soll, weil sie schon lange einen Hausmeister suchen. Du und ich, wir können uns jetzt jeden Tag sehen.«

Sprachlos glotze ich die Bodler an. Dann ist an dem Gerücht ja doch etwas dran. Etwas Halbes zumindest.

Ich fange an zu begreifen, dass es mit der Wahrheit nicht so einfach ist. Immer wenn man denkt, man hat sie verstanden, verkleidet sie sich. Manchmal auch in eine Lüge.

Amin hatte nicht gestohlen und keinen Krieg erfunden.

Der Entführer war kein Entführer.

Frau Bodler hat nicht im Knast gearbeitet, sondern ihr Mann.

Matteo war in der Schule vielleicht der Größte, aber daheim ganz klein.

Und Rashid war in Wirklichkeit ganz klein, nur in meinem Kopf ein Riese.

Ich habe zwar verbuggte Gene, aber adoptiert bin ich nicht. Das sagt zumindest meine Mama.

Superhelden flennen nicht – aber manchmal eben doch.

Und Mädchen, tja, Mädchen: Ich schiele zu Susi und Cora, die die Weihnachtsblumen bestaunen. Mädchen sind … Keine Ahnung, darüber muss ich erst noch nachdenken. Denn alles, was ich zu wissen glaubte, stimmt nicht.

Aber dafür hab ich jetzt erst mal keine Zeit, schließlich sind bald Ferien!

Ich laufe nach draußen.

Vor dem Schulgebäude tobt ein Schneesturm. Doch Ali, Tom und Tobi warten auf mich.

Tom druckst herum. »Du, Johnny, jetzt, wo du wieder zurück bist … könnten wir da nicht wieder *Sheriffs* … Ich meine … du könntest …«, stottert er. Ali boxt ihn die Seite, weil er nicht zum Punkt kommt.

»Wir wollen, dass du wieder unser Anführer bist. Ohne dich gibt es keine *Sheriffs*«, sagt Tobi an seiner Stelle.

Ich grinse in mich hinein. »In drei Minuten, beim Geheimtreffpunkt«, befehle ich.

Tobi, Ali und Tom steht die Erleichterung ins Gesicht geschrieben. Sie laufen voraus. Nur Amin steht unschlüssig herum. Er weiß nicht, wohin mit sich.

»Worauf wartest du?«, frage ich ihn.

Johlend rennen wir den anderen nach.

# Nachwort

Hier endet die Geschichte von Amin und Johnny. Obwohl sie frei erfunden und in meinem Kopf entstanden ist, könnte sie sich so oder ähnlich zugetragen haben. Denn an vielen Orten der Welt gibt es Kinder wie Amin, die vor Krieg, Gewalt oder Hunger fliehen müssen und in anderen Ländern Schutz suchen.

Viele kommen in Begleitung ihrer Eltern oder zumindest eines Verwandten. Manche kommen aber auch ganz allein. Sie haben niemanden Nahestehenden bei sich, weder auf der Flucht noch in dem Land, in dem sie Asyl suchen.

In Deutschland lebten im Jahr 2022 über 17 000 unbegleitete Minderjährige, die ohne Eltern oder Familienangehörige nach Deutschland geflohen sind. Auf ihrer Reise ins Ungewisse nehmen sie wie Amin viele Gefahren und Entbehrungen auf sich.

Und immer wieder verschwinden einige dieser Kinder und Jugendlichen spurlos. In Europa werden derzeit mehr als 51 000 minderjährige Geflüchtete vermisst, die zuvor in staatlicher Obhut waren. Davon über 2000 in Deutschland.

Aus Amins Tagebuch in Dari (so heißt seine Sprache in Afghanistan) erfahren wir von seinem Schicksal. Von den meisten vermissten Kindern wissen wir jedoch nicht, was ihnen widerfahren ist und wo sie sich aufhalten. Es gibt unzählige Gründe für ihr Verschwinden. Viele suchen ihre Familien oder ziehen an einen anderen Ort weiter, dabei ist die Gefahr groß, dass sie Opfer von kriminellen Straftaten wie Menschenhandel werden.

Dieses Buch ist deshalb auch all jenen Kindern gewidmet, die ihr Zuhause verlassen müssen und nun auf der Suche nach einer sicheren und menschenwürdigen Zukunft sind.

*Mirjam Raymond,*
*im August 2024*

## Drachenflüstern: Das Geheimnis von Smaragour

Eldurskóla, die berühmte Drachenreiterschule auf der Insel Smaragour nimmt jedes Jahr nur wenige neue Schüler auf. Der 12-jährige Jamie ist sich sicher, dass er unter den Auserwählten sein wird. Doch dann wird er nur als Hilfsarbeiterin in die Drachendocks unter der Schule abkommandiert. Er muss die durchreisenden Drachen putzen und verpflegen, Tag und Nacht. Jamie ist wild entschlossen, zu beweisen, dass seine magischen Fähigkeiten stark genug sind, um doch noch als Drachenreiter ausgebildet zu werden. Als ein Mädchen auf einem verletzten Drachen auftaucht und eine geheime Botschaft hinterlässt, bietet sich Jamie eine Chance. Gemeinsam mit seinen Freunden, Tex und Noah, kommt er einem dunklen Geheimnis auf die Spur.

## Entdecke eine geheime Welt voller Fabelwesen!

Christopher entdeckt ein Familiengeheimnis: Sein Großvater ist der Wächter eines Tores zu dem Archipel, einer Gruppe magischer Inseln, auf denen sagenumwobene Wesen leben. Kentauren, Sphinxe, Einhörner, Drachen und phantastische Kreaturen, die er sich nicht hätte erträumen können. Vor langer Zeit wurden die Inseln durch Magie verborgen. Doch nun schwindet der Schutz, und der Archipel ist in großer Gefahr. Dann taucht ein geheimnisvolles Mädchen mit einem fliegenden Mantel in Christophers Welt auf, Mal. Verfolgt von einem Mörder begeben sich Christopher, Mal und ihr kleiner Greif auf eine aufregende Reise. Wird es ihnen gelingen, beiden Welten zu retten, bevor es zu spät ist?

Katherine Rundell
**Impossible Creatures – Das Geheimnis der unglaublichen Wesen**
Aus dem Englischen von Henning Ahrens
384 Seiten, gebunden
978-3-7373-7323-4

FISCHER SAUERLÄNDER

© Christoph Adler

*Mirjam Raymond* hat ihre Wurzeln in Kroatien. Sie arbeitet als Autorin in München und produziert Dokumentationen und Werbefilme. 2022/2023 war sie Stipendiatin an der Akademie für Kindermedien, daraus ist ihr Debüt »Von Null auf Held« entstanden. Im Jahr 2023 erhielt sie das Literaturstipendium der Landeshauptstadt München für den Bereich Kinderbuch.

Weitere Informationen zum Kinder- und Jugendbuchprogramm der S. Fischer Verlage finden Sie unter *www.fischerverlage.de*

# Kampf der Giganten